무채색 삶이라고
생각했지만

무채색 삶이라고 생각했지만

2024년 1월 30일 1판 1쇄 인쇄
2024년 6월 27일 1판 3쇄 발행

지은이 김동식
펴낸이 한기호
책임편집 도은숙
편 집 정안나, 유태선, 김현구, 김혜경
마케팅 윤수연
디자인 경놈
일러스트레이션 오희령
경영지원 국순근
펴낸곳 요다
출판등록 2017년 9월 5일 제2017-000238호
주소 04029 서울시 마포구 동교로 12안길 14 삼성빌딩 A동 2층
전화 02-336-5675 팩스 02-337-5347
이메일 kpm@kpm21.co.kr

ISBN 979-11-90749-70-1 03810

·요다는 한국출판마케팅연구소의 임프린트입니다.

·책값은 뒤표지에 있습니다.

무채색 삶이라고 생각했지만

김동식 에세이

요다

프롤로그

안 할 이유가 없다

내 소설 「벌레들의 긴급한 밤」은 한 중년 여성의 짜증으로 시작된다. 누가 봐도 속물에다 안하무인인 그녀는 의외로 마지막에 가서 모두를 살린다. 당신 같은 사람이 도대체 왜 사람들을 돕느냐는 누군가의 물음에, 그녀는 시답잖은 걸 묻는다는 듯 말한다.

"안 할 이유도 없는데, 그게 뭐라고."

사실 이 소설의 결말은 다소 어색한 편이다. 개연성이 부족하다는 평가를 들어도 부인할 수 없는데, 그럼에도 그렇게 쓴 까닭은 당시 내가 그러한 마음가짐을 무척 마음에 들어 해서였다. '안 할 이유가 없으니까 한다'라는 삶의 자세 말이다. 몇 년 전부터 나는 이 말에 꽂혀 있다. 내게 어떤 부탁이나 제안이 들어오면 가장 먼저 고민해본다. 안 할 이유가 있나? 그 이유를 찾지 못하면 그냥 한다.

가령, 학교 강연을 다니다 보면 학생들이 자주 부탁한다.

"작가님 인스타 맞팔해주시면 안 돼요?"

그럼 그냥 한다. 안 할 이유가 없으니까. 덕분에 팔로잉 수가 인스타그램 유저 중에 공동 1위다. 사인해줄 때도 독자들이 원하는 건 뭐든지 들어주는 편이다. 여러 장 해달라, 그림 그려달라, 아재 개그 써달라, 명언 적어달라, 실내화에 해달라, 사진 찍어달라, 포즈 취해달라 등등. 안 할 이유가 없으니 모두 한다. 강연 중에 노래 요청이 들어와도 그냥 하고, 춤을 춰달라고 해도 시도는 해보고, 어떤 이상한 질문에든 다 답한다. 말 그대로 정말 안 할 이유가 없기 때문이다.

원고 작업에서 담당자의 피드백도 그렇다. 안 할 이유가 없다면 무조건 따르는 편이다. 신문에 글을 연재할 때 제목 변경, 내용 바꾸기, 분량 줄이기 등의 요구가 많이 들어왔는데 다 따랐다. 그뿐 아니다. 담당자분이 식사하자고 하면 먹고, 학생들이 과제 때문에 만나자고 하면 만나고, 인터뷰 요청이 있으면 응한다. 방송 출연이든, 축전 영상 청탁이든, 심사든 안 할 이유가 없다면 그냥 다 한다.

이쯤 되면 조건 없는 '예스 맨'이라고 생각할지 모르겠다. 아니다. 만약 안 할 이유가 떠오르면? 바로 거절한다. 안 할 이유를 억지로 만들지 않기 때문에 하는 일이 많다는 뜻이다.

과거의 나는 이렇지 않았다. 어떤 제안이나 부탁이 들어왔을 때 안 할 이유가 정말 많이 떠올랐다. 돌이켜보면 객관적으로 그게 정말 '안 할 이유'였을까? 아니다. 두려움, 귀찮음, 자신 없음 모두 단지 내가 만들어낸 안 할 이유였을 뿐이다. 지금은 그것을 제삼자의 시선으로 점검한다. 정말 안 할 이유인가, 아니면 내가 만들어낸 이유인가. 그러면 답이 나온다. '안 할 이유가 없네? 그럼 해야지.' 이런 생각은 이제 내 유무의식에 단단히 자리를 잡았다.

데뷔 전, 온라인 커뮤니티 연재 당시 내게는 정말 무수히 많은 기회와 제안이 쏟아졌지만, 나는 온갖 안 할 이유를 대며 전부 거절했다. 그러다가 처음으로 수락한 제안이 김민섭 작가님과의 인터뷰였고, 덕분에 요다 출판사와 연결되어 작가가 되었다. 만약 그 인터뷰 요청도 평소 습관처럼 '안 할 이유'를 만들어서 거절했다면? 지금의 나는 없었다. 이때부터였을 것이다. 특별한 이유가 없다면 그냥 하자! 이런 마음가짐이 나에게 득이 된다는 걸 갈수록 깨닫는다. 내 인생이 한 해 한 해 갈수록 모든 면에서 나아지고 있다는 게 그 증거다.

내가 좋아하는 인터뷰 영상 중에 김연아 선수의 것이 있다. 무슨 생각을 하면서 하느냐는 질문에 김연아 선수가 답한다. "무슨 생각을 해… 그냥 하는 거지." 정말 완벽한 답변이라고 생각한다. 어떤 사람들은 출근길 작은 눈사람이 쓰러져 있는 걸 보면 그냥 일으켜 세우고 지나간다. 아무 이유 없다. 그냥 아무 생각 없이 세우는 거다. 기찻길 선로 위로 추락한 사람을 구하려고 뛰어든 영웅들을 인터뷰하면 하나같이 똑같은 말이 나온다. 그냥 몸이 움직였다고. 난 인간의 가장 위대한 점이 바로 이런 '그냥'에 있다고 생각한다. 생각하고, 고민하고, 갈등하고, 안 할 이유를 찾고 할 시간에 그냥 해버리는 것 말이다.

에세이집 출간도 내게는 같은 선상에 있다. 처음 출판사로부터 제안을 받았을 때, 안 할 이유를 찾았지만 어느 순간 그럴 만한 이유가 없다는 사실을 깨달았다. 에세이에 남다른 재능이 있는 것 같지도 않고, 큰 재미를 느끼지 못해서 내가 굳이 해야 하는 일이 아니라고 여겼지만 그것이 안 할 이유 같지는 않았다. 물론, 내 에세이가 선로 위로 추락한 사람을 구한 영웅같이 누군가의 삶과 이 사회에 크게 이바지하지는 않을 것이다. 다만, 어떻게 저런 사람이 소설가가 되었을까 싶을 만큼 비주류의 경로를 밟아온 김동식이라는 사람의 이야기가 누군가에게 즐거움과 작은 의미라도 드린다면, 단지 안 할 이유가 없어서 시작한 이 에세이 쓰기도 내게 굉장히 큰 의미로 남게 될 듯하다.

차례

1장

경사진 골목길에서

경사진 골목길에서

한 자릿수 나이의 기억은 얼마 없기에 소중하다. 내 기억 속 주요 배경은 영도의 산복도로 골목길이다. 마치 겨울의 앙상한 나뭇가지처럼, 굵은 오르막길을 중심으로 좁은 골목들이 마구잡이로 뻗어나간 공간이다. 여기서 어린이들 인생 최대의 고민이 시작된다. 경사진 오르막이지만 넓은 골목에서 놀 것이냐, 좁지만 수평인 골목에서 놀 것이냐? 사실 종목에 따라 다르다. 공놀이나 구슬치기, 팽이 돌리기 같은 건 기울어진 땅에서 하기 어렵다. 경사가 생각보다 심했다. 공을 한 번 놓치면 100미터 이상 끝도 없이 굴러가는데, 그 속도가 달려서는 쫓아갈 수 없을 정도다.

사실 그 외 다른 놀이도 수평인 땅에서 하는 게 당연히 더 낫다. 하지만 좁은 골목은 심각한 문제가 하나 있었다. 골목에 사는 어른들이 시끄럽다고 혼내는 일이다. 지금은 상상도 할 수 없겠지만, 그 시절엔 명분만 있으면 동네 어른이 다른 집 아이를 조금은 때려도 됐다. 그러니 얼마나 무섭겠는가. 담 센 애들은 그래도 좁은 골목에서 놀다가 튀었지만, 난 그냥 경사로와 더 친했다. 혼자 그 경사진 골목에서 아무것도 안 하고 논 적도 많은데, 지금도 생생하게 기억나는 장면이 있다.

당시 그 골목의 한쪽에 감색 모자이크 타일로 된 벽이 있었다. 눈에 힘을 풀고 그걸 멍하니 바라보면 매직아이처럼 타일이 내게로 점점 다가오는 느낌이 들었다. 그게 재미있어서 그 골목 맨바닥에 누워서 멍하니 벽을 바라보았다. 행인들이 쓰러졌나 싶어 놀라거나, 쟤는 쓰러진 것도 아니면서 왜 땅바닥에 누워 저러나 싶었을 법하다.

어느 날은 그 골목에서 꽁초를 줍자마자 내가 친구들에게 말했다. "내가 이거 피우는 모습 보여줄까?" 어른 흉내를 내보기로 한 거다. 친구에게 성냥만 가져오면 내가 보여준다고 호언장담한 다음, 진짜로 가져오니까 어쩔 수 없이 담배를 한 모금 피워보았는데, 진짜 눈물 콧물 범벅이 되어서 정신없이 콜록거렸다. 어른들은 미쳤나? 이걸 왜 좋다고 피우지? 아마 내가 평생 담배 근처에도 안 가는 이유가 그때의 기억 때문일 거다.

경사진 그 골목에는 아이들이 가장 좋아하는 구멍가게도 하나 있었다. '쪽자(달고나)' 하나가 50원밖에 안 했다. 단 스스로 만들어야 했다. 국자에 설탕과 소다를 넣고 연탄불에 달궈서 만들어 먹어야 하는데, 나름 기술이 필요하다. 설탕이 잘 부풀려면 소다를 많이 넣어야 하지만, 너무 많이 넣으면 쓰다. 국자를 태워먹으면 주인아주머니가 불같이 화를 내기 때문에 그 어느 때보다 집중이 필요하다. 그 장면을 머릿속으로 그려보면 웃음이 난다. 구멍가게 앞 공간이 엄청나게 경사진 곳이라, 의자에 앉아 쪽자만 드는 애들이 모두 피사의 사탑처럼 기울어 있었다. 행인들 눈에는 꽤 귀여워 보였을 수도 있다.

지금 생각해보면 내 인생 첫 뽀뽀도 그 골목에서 일어났다. 동네에 딸이 셋인 집의 막내딸이 나랑 동갑이었는데, 어느 날 그 친구가 사이다 병에 빨대를 꽂은 채로 골목을 걸어왔다. 솔직히 먹고 싶어서 빤히 봤는데, 그 친구가 갑자기 “사이다 줄까?” 묻는 거다. 물어 무엇 하랴. 당연히 좋다고 말했더니, 그 친구가 내게 병을 내밀었다. 난 황송하게 두 손으로 받아 들고 빨대에 입을 대고 마시는데, 내 두 손이 병을 드느라 묶여 있는 사이에 그 친구가 내 볼에 기습적으로 뽀뽀를 했다. 믿지 못하겠지만 이건 실화다. 지금 생각하면 놀랄 법도 하지만, 그때의 난 한 가지 생각밖에 없었다. 사이다 맛있다 쭈옥 쭈옥 쭈옥. 그 친구가 부끄럽다고 도망가든 말든, 난 그 자리에 서서 고개 한번 안 움직이고 사이다만 마셨다. 바보 같은 자식!

내가 태어나 가장 큰 충격을 받은 일도 그 골목에서 일어났다. 수십 년 전의 경험인데도 마치 어제 일처럼 생생하게 기억난다. 그날 여느 때처럼 혼자 골목을 돌아다니며 놀던 나는 지나가던 사람들을 보다가 불현듯 너무 큰 충격을 받은 나머지 그 자리에서 얼음처럼 굳었다.

‘저 아저씨도 나처럼 머릿속에서 생각을 하겠네?’

정말 충격적이었다. 지나가는 모든 사람의 머릿속에 나처럼 ‘생각’이 들어 있다는 게 몹시 놀라웠다. 내가 지금 머릿속으로 하는 생각을 남들도 다 하고 있다는 뜻 아닌가? 그 사실은 아직 어렸던 내게 네오가 이 세상이 매트릭스란 걸 깨달았던 순간만큼 소름 끼치는 일이었다. 사실은 지금도 좀 신기하다. 카페에 앉아 있으면, 저 많은 사람 모두가 나처럼 생각을 할 수 있고 지금도 하고 있다니 경이감이 든다. 심지어 지금 내가 그들을 보며 하는 생각을 그들도 얼마든지 똑같이 할 수 있다.

이걸 알게 된 이후로 삶의 태도가 살짝 변한 듯하다. 그전까지는 그냥 세상이 오직 나 하나를 중심으로 돌아가는 줄 알았던 건방진 꼬마였다면, 조금은 주제를 파악하게 됐다고 할까. 어린 시절에 겪은 충격적인 사건은 잘 각인되기 마련이라, 살아오는 내내 큰 영향을 끼치고도 남았다. 실제로 내가 글을 쓸 때 절대적으로 지키는 원칙 하나는, '내가 아는 건 보는 사람도 안다'이다. 내가 아는 건 보는 사람도 다 알 테니까 가르치려 들지 말자, 뻔한 거 말고 나도 몰랐던 걸 쓰려고 노력하자. 그렇게 글을 썼더니 정말 좋은 결과가 돌아왔다.

나는 당연히 특별한 사람이지만, 생각보다는 별거 아니다. 내가 별거 아니란 생각, 남들도 나와 같다는 생각은 평화로운 삶에 꽤 도움이 된다. 그곳, 그러니까, 쪽자를 만들어 먹고, 공놀이를 하고, 맨바닥에 누워 벽을 쳐다보며 매직아이 놀이를 하고, 인생 첫 사이다 뽀뽀를 경험했던 그 경사진 골목에서 이런 깨달음을 얻었다는 사실을 생각하면 내 마음도 기분 좋게 기울어진다.

태어나 가장 맛있게 먹은 라면

두루마리 휴지, 빨간색 다라이, 재활용 신문 묶음, 김동식, 안성탕면 박스, 선풍기, 미숫가루 통.

어릴 적 우리 집 다락방에 한 자리씩 차지하던 세입자 목록이다. 이 중에서 내가 가장 좋아한 세입자는 안성탕면 박스였다. 김동식보다 더 좋아했다. 당시 동사무소에서 종종 라면을 한 박스씩 지원해줬는데, 부산 사람들이 구수한 된장 맛을 선호해서인지 신라면이 아닌 안성탕면을 주었다. 더 저렴해서 그랬을 수도 있다.

라면 박스를 열어보면 스무 개 이상의 라면이 비디오 대여점 테이프들처럼 가지런히 꽂혀 있고, 보노라면 그렇게 든든할 수가 없었다. 내 인생 최초로 든든함이란 느낌을 준 존재가 그 박스였다.

가장 좋아한 순간은 빽빽이 꽂혀 있는 박스에서 라면 하나를 뺄 때인데, 희한하게 꽉 차 있는 것보다 하나 모자란 상태가 더 든든했다. 오락실에서도 2000원보다 1900원이 더 좋았다. 꽉 찬 건 '참을 수 있지 않을까'란 생각에 깨기 망설여지지만, 하나가 비는 순간 '먹어도 돼. 많으니까 얼마든지 먹어'라고 말해주는 것 같아서였다.

내가 박스에서 라면을 뺄 때는 대부분 생라면을 먹기 위함이었다. 생라면 레시피도 셰프에 따라 달라진다. 덩어리를 크게 부수는 걸 좋아하는 사람이 있고, 잘게 부수는 걸 좋아하는 사람이 있다. 수프를 다 넣는 사람이 있고, 반절만 넣는 사람이 있다. 난 '잘게 부숴 수프 조금'파로서 '크게 부숴 수프 많이'파를 잘 이해하지 못한다. 탕수육 '부먹'보다 더 이해되지 않는다. 유일하게 타협하는 레시피는 구워 먹기다. 라면을 부수지 않고 직화로 굽는 방식으로, 수프는 따로 찍어 먹는다. 이건 정말 요리라고 불러도 손색이 없다. 당시 친구가 집에 놀러 왔을 때 내가 신세계를 보여주겠다며 라이터로 라면을 구워준 적이 있었는데, 녀석이 나에게 천재냐고 했던 게 기억난다.

생라면에 대해서라면 더 큰 로망과 연관된 적도 있다. 열세 살 때였던가? 모험이 하고 싶었던 나와 친구 셋은 해운대 바닷가에서 1박 2일을 보내기로 했다. 그 나이에 우리끼리 외박을 한다는 건 충격적인 발상이었다. 숙소? 여름이니까 그냥 바닷가에서 하룻밤 새면 되겠지!

이 획기적인 계획으로 의기투합한 네 명이 날짜를 정하고 부모님의 허락도 받아냈다. 약속의 그날, 아침부터 우리 넷은 좋다고 웃으며 버스에 올라탔다. 난 멀미 때문에 가장 뒷자리에서 잠든 것까지만 기억나는데, 도착해서 친구가 깨웠을 때는 완전 좀비 상태였다. 그나마 시원시원하게 뻗은 해수욕장을 보다 보니 속이 나아지긴 했다. 이때 내가 바닷가로 내려가는 계단의 난간에 한 발을 올리고 "원피스!"를 외쳐서 모두 빵 터진 기억이 난다. 바닷가에서는 '원피스'를 외치는 게 아무래도 '국룰' 아니겠는가.

우리는 바로 바닷가에 뛰어들었다. 너무 즐거웠다. 처음에만. 도착한 직후에는 다들 산책 나온 강아지 같은 얼굴로 웃으며 뛰어다녔는데, 두 시간쯤 지나니까 '집에 안 가?' 하는 얼굴로 주인을 올려다보는 강아지 꼴을 하고 있었다.

바보처럼 너무 일찍 온 거다. 아마 두 명쯤은 그때 그냥 집에 가고 싶었을 거다. 모두 지쳐서 은박 돗자리에 앉아 있자니, 설상가상 비가 내리는 게 아닌가.

"비 오는데 밤샐 수 있나? 잠을 어떻게 자는데?"

당연히 들 수밖에 없는 의문이었다. 그때 내가 천재적인 아이디어를 냈다.

"우리에게는 우산이 하나 있다."

"하나로 뭐 하는데?"

"일단 누워봐라."

내 지시하에 애들이 모래사장에 한 명씩 눕기 시작했다. 동서남북으로 다리를 뻗고 누웠을 때, 우리의 모습은 십자가가 되어 있었다. 그 십자가의 중심에는 네 명의 머리가 모여 있었고, 그 위에 하나뿐인 우산이 덮여 있었다. 네 명이 비를 안 맞고 잘 수 있는 완벽한 방법이었다.

"천재네."

놀랍게도 우린 만족했다. 게다가 그 작은 우산 안이 뭔가 비밀 기지 같은 느낌이라 더 좋았다. 지나가던 사람들이 웃는 소리가 들렸지만, 어차피 얼굴도 안 보이는데 뭐.

우산 안에서 무서운 이야기를 하나씩 하며 즐거운 시간

을 보내는데, 상황이 악화하기 시작했다. 바람이 너무 심하게 부는 것 아닌가. 거의 우산이 날아갈 듯해서 도저히 십자 형태를 유지할 수가 없는 지경이 되었다. 어느새 해운대의 하늘은 우리가 도착했을 때와 달라져 있었다. 하늘을 가린 먹구름이 점점 짙어져갔다. 모래사장에 그렇게 많던 사람들이 모두 떠나가고 있었다. 불안하던 차, 지나가던 아저씨가 말했다.

"집에들 가라! 태풍 온다!"

기막히게 날을 골라도 태풍 오는 날을 고른 것이다. 이런 상황이면 당연히 귀가해야 정상인데, 우린 이미 외박 목표를 세웠기 때문에 떠날 수 없었다. 막연히 비가 그치겠지 하는 생각으로 우산을 붙잡고 버텼으나, 시간이 지날수록 비바람은 점점 심각해졌다. 모래사장에 물건이 날아다니기 시작하니까 우리도 대피하지 않을 수가 없었다. 허공을 날아다니던 물건 중에는 그 옛날 어깨에 짊어지고 음악을 틀던 커다란 카세트 플레이어도 있었다.

비바람에 살이 아플 정도가 되었을 때, 우린 해운대의 공중화장실 처마로 대피했다. 피할 수 있는 안전한 건물이 거기밖에 없었는데, 우리 말고도 여러 사람이 똑같은 얼굴로 태풍 부는 해운대를 바라보고 있었다.

멍하니 그러고 있자니 배가 고팠다. 문제는 우리에겐 돈이 없었다는 거다. 공금 2만 원을 젖지 않게 한다며 비닐봉지에 넣어 주머니에 넣고 다니다 잃어버린 탓이다. 내일 버스비를 제외하면 진짜 여유가 1000원도 없었다. '춥고 배고프다'란 말을 실감했다. 어떻게든 겨우 긁어모은 푼돈으로 우리가 사 먹을 수 있는 건 딱 하나였다. 생라면 한 봉지.

한 친구가 라면 한 봉지를 사 온 뒤, 우리는 일단 자리를 이동했다. 사람들이 모여 있는 화장실에서 우리끼리 생라면을 먹기가 좀 눈치 보였던 것 같다. 화장실 밖으로 나온 우리 넷은 태풍을 뚫고 달렸는데, 비바람이 너무 심해서 얼마 가지 못했다. 어쩔 수 없이 가장 가까운 어느 작은 건물 처마 밑으로 갔다. 우린 바람을 막아주는 기둥 뒤에 모였고, 내가 생라면 제조에 들어갔다. 다들 내 손만 보고 있는 게 느껴졌다. 일단 내 방식대로 덩어리를 잘게 부쉈다. 주먹으로 때리거나 하면 봉지가 터질 염려가 있어서 마사지하듯 부숴야 한다. 균일하게 부서졌다는 생각이 들면 이제 입구를 뜯어야 하는데, 이게 또 의외로 기술이 필요하다. 자칫 잘못 찢어지면 낭패다. 힘을 살살, 세게 줘야 한다. 난 해냈다. 안도의 한숨을 내쉬고, 안에서 꺼낸 수프를 뜯어 절반만 부었다. 더 필요한 친구가 있을 수 있으니 나머지 수프를 친구에게 건넨 다음 자세를 잡았다. 오른손으로 봉지의 입구를 모아 꽉 닫고, 바닥의 왼손은 거들 뿐. 미친 듯이 흔들었다. 그때는 태풍 소리고 뭐고, 우리 귓가에는 생라면 비벼지는 소리만 들렸다. 정말 온 힘을 다해서 흔든 뒤 개봉했을 때, 표본으로 꺼낸 라면 덩어리의 상태는 완벽했다. 넷이서 한 덩어리씩 가져가서 입 안에 넣는데, 와! 라면이 이렇게 맛있어도 될 일인가! 밤은 어둡지, 태풍은 불지, 몸은 젖어서 춥지, 배는 고프지, 진짜 그 순간 먹은 라면은 내 생애 최고로 맛있는 라면이었다. 넷이서 순식간에 한 봉지를 해치웠는데, 마지막에는 거꾸로 들고 가루까지 탈탈 털어 먹었다.

너무 적어서 아쉽지만, 허기는 좀 달래서 나른해진 상태. 우린 이동하지 않고 멍하니 그 자리에 서 있었다. 내가 그 순간을 머릿속 카메라 필름에 담은 듯 절대 잊지 못하는 이유가 있다. 그 건물 유리문 너머에서 들려오던 노랫소리다. 건물 계단 아래로 이어지는 곳이 라이브 카페 같은 곳이었는지, 어떤 여자가 부르는 015B의 〈슬픈 인연〉이 들려오고 있었다. 눈앞의 태풍 소리와 등 뒤의 먹먹한 〈슬픈 인연〉은 지금 생각해도 인상적이다. "멀어져가는 뒷모습을 바라보면서(…) 흠뻑 젖은 두 마음을 우린 어떻게 잊을까."

가사를 굳이 끼워 맞추는 건 촌스럽겠지만, 그날의 흠뻑 젖은 추억은 세월이 지나도 잊히지 않는다. 춥고 배고팠던 기억은 잊히지 않는다는 말은 진짜인 듯하다. 사람은 돈이 많을 때 가장 맛있는 음식을 먹는다고 생각하지만, 내 기억에 의하면 돈이 없을 때 최고의 진미를 먹는다. 앞으로 내가 얼마를 번다 한들 그 시절 배고픔을 달래주었던 생라면 한 봉지보다 더 맛있는 걸 먹을 수 있을까? 냉장고를 얼마큼 채운들 그 시절 다락방의 라면 한 박스보다 더 든든할까. 배고픈 내 어린 시절의 라면이 새삼 소중하다. 귀함은 가난과 부를 차별하지 않는다.

의심

인종 차별의 눈초리처럼 금전 차별의 눈초리도 있다. 교실에서 돈이 사라지면 가장 먼저 의심받는 게 가난한 애들이다. 드라마에서나 본 장면이라고 생각하겠지만, 초등학교 시절의 내가 바로 그런 눈초리를 받는 대상이었다. 도둑질한 물건을 옷 속에 숨겨두었을까 봐, 간지럼 장난을 치는 척하며 내 배를 문질러보는 어른도 있었다. 처음에는 나도 장난인 줄 알고 웃으며 간지럼을 타다가, 뒤늦은 저녁에 그것의 의미를 깨달았을 때의 기분은 말로 설명할 수 없다. 친구 집에 놀러 갔을 때도 그랬다. 친구 아버지가 친구를 안방으로 불러서 "집에 갈 때 주머니 검사해라"란 말을 속삭이지도 않고 할 때, 방문을 열고 나온 친구의 얼굴을 보고 어떤 표정을 지어야 할지 몰라서 만화책만 보는 척했다. 그날은 내내 만화책만 보다가 왔던 것 같은데, 지금 생각해보니 "우리 아빠가 너랑 놀지 말래"라고 말했던 것도 그 친구였다. 물론 우리는 계속 놀았다. 그 친구도 딱히 아빠 말을 들을 생각은 없는 듯했고, 어른들이 본 내 겉모습과 친구가 보는 내 모습은 다르니까. 물론 그럼에도 철저하게 조심했다. 친구 집에서 놀다가 돌아갈 때면 유머랍시고 주머니를 뒤집으며 빵꾸 났다고 했던 건 마냥 농담만은 아니었다.

이런 말이 좀 계면쩍긴 하지만, 난 꽤 청렴결백한 편이다. 아마 어릴 적의 그런 시선들 때문에 더 그렇게 됐는지도 모른다. 난 누군가에게 의심받을 때의 상처가 어떤지 조금 안다. 그래서 누군가를 의심하는 것도 몹시 조심스럽다. 인간이 무형의 총을 쏠 수 있다면 그 총알은 의심일 거다.

방학이 이어지던 어느 날 저녁, 친한 친구랑 '버디버디'라는 메신저로 잡담을 하고 있었다. 원래 아무런 주제 없이 마구잡이로 떠드는 대화였기에 난 아무렇지도 않게 쪽지를 보냈다.

[우리 누나 방에 둔 5000원 없어졌단다.]

그때 친구가 조금 늦게 보낸 답장에 깜짝 놀랐다.

[동식아 내 진짜 아니다. 내 의심하지 마라.]

사실 그날 녀석이 종일 우리 집에서 놀다가 갔는데, 내가 범인으로 의심한다고 생각한 거였다. 녀석이 어떤 상처를 받았을지 나는 누구보다 잘 알았다. 우린 끼리끼리였으니, 녀석도 얼마나 그런 의심을 많이 받았겠는가. 여기서 내가 어떤 말을 해도 녀석이 이미 받았을 상처가 흔적을 남길 것만 같았다. 그런 의도가 아니었다고 말해줘도 곧이곧대로 받아들일까? 그래서 난 역으로 나갔다.

[너야말로 내가 널 의심하고 있다고 의심하지 마라.]

이 말의 효과는 컸다. 녀석은 내게 미안하다고 사과까지 했고 우린 다시 편하게 잡담을 이어갔다. 나중에 듣기로 그때 그 말이 정말 고마웠다고 하는데, 사실은 나도 그 말이 멋있었다고 생각하고 있다. 오죽하면 이 나이까지 안 잊고 여기에 쓰겠는가. 아무튼 그 일은 녀석뿐이 아니라, 내게도 좋은 영향을 끼쳤다. 편견 어린 시선의 영향으로 자칫 의심받는 일에 강박을 느끼는 사람이 될 수 있었을 내게 하나의 깨달음을 주었으니 말이다. 말 그대로, 상대가 나를 의심하리라 생각하는 것조차 실은 내가 상대를 의심하는 것 아니겠는가. 지레짐작으로 날 의심하리라는 생각은 상대를 의심하는 행위다. 의심받는 게 상처라는 걸 아는 사람이 남을 그렇게 의심하는 것도 웃긴 일이다. 덕분에 난 의심 민감증은 없이 자랐다. 누군가를 의심하는 걸 조심해야 한다면, 의심받고 있다고 의심하는 것도 조심해야 한다. 상대방이 알면 기분 나쁜 건 똑같을 테니 말이다.

이런 경험 때문일 것이다. '믿음'에 대해서 나는 조금 강박적이 되었다. 내가 듣고 싶은 말 중 하나를 꼽자면 '너는 믿을 수 있어'일 정도다. 난 누군가가 나를 믿어줄 때 굉장히 희열을 느낀다. 뭔가 사기꾼의 전형적인 멘트 같지만, 자신 있게 말할 수 있는 한 가지는, 내겐 수백억 원을 맡겨도 안전하다는 거다. 난 그 돈보다 내가 믿을 만한 사람이라는 평가를 받는 희열이 훨씬 크다. 일하면서 멍 때릴 때 그런 상황극 망상을 하기도 했다. 아르바이트 하는 가게의 사장님이 나를 불러다 놓고 너는 믿을 수 있다며 금고 열쇠를 부탁한다거나 하는 망상. 실제로 공장에 다니던 시절에 나는 회사 열쇠를 가진 두 명 중 한 명이었다. 그게 처음에는 뿌듯했는데, 좋은 일만은 아니더라. 나만 열쇠가 있으니까 급할 때 어쩔 수 없이 동원될 수밖에 없어서…. 이래서 직장 근처에서 살면 안 된다. 신뢰받는 게 아무리 좋아도 그 역시 강박적으로 추구해서는 안 되고 말이다.

절대 떡볶이를 찾아서

『당신의 떡볶이로부터』(수오서재, 2020)라고, 오직 떡볶이를 소재로 한 앤솔러지에 참여한 적이 있다. 고작 떡볶이로 한 권의 책이 될까 싶었는데, 그렇게 많은 사람이 떡볶이를 특별하게 생각하고 있다는 사실에 놀랐다. 한국인의 소울 푸드인 걸까? 내게도 그게 소울 푸드인지는 잘 모르겠지만, 인생에서 가장 맛있었던 떡볶이가 뭔지는 단언할 수 있다. 학교 앞 분식집에서 팔던 '컵떡볶이'다. 주머니가 가볍디가벼운 아이들도 부담 없이 사 먹을 수 있는 300원짜리 컵떡볶이 말이다.

그 당시 내게는 300원도 비쌌다. 대체로 나는 친구가 사

먹을 때 옆에서 “하나만!”을 말하는 아이를 담당했다. 그럼 하나 주는 친구도 있고 싫다는 친구도 있었는데, 그중 지금도 내 기억에 강렬히 남아 있는 친구의 말이 있다.

“일곱 개 들었으면 하나 줄게.”

그 친구의 심정을 이해한다. 안 준다고 하기에는 치사하단 말을 들을 것 같고, 주기에는 자신도 하나씩 아껴 먹는 귀한 떡볶이니까 말이다. 나름대로 머리를 써서 타협한 대답이었을 텐데, 그게 참 적절했다. 컵에 대충 한 국자 담긴 듯 보여도 사실 정량이 존재했기 때문이다. 학교 앞 분식집 아주머니는 프로다. 아주머니는 무조건 컵에 담는 양을 조절할 수 있는 거다. 그런 아주머니가 정한 기준이 평균 여섯에, 많으면 일곱. 그러니까 녀석은 일곱이란 숫자를 제시한 거다.

녀석이 하나씩 숫자를 세어가며 떡볶이를 먹으면, 옆에서 지켜보는 난 속이 타들어갔다. 속으로 ‘제발 일곱 개! 제발 일곱 개!’를 외친다. 녀석이 이쑤시개로 하나씩 빼 먹을 때마다 컵 안을 보여달라고 말하고, “안 보이게 먹지 마라!”라든가 “한 번에 두 개 먹은 거 아니가?”라고 추궁하던 내 모습은, 정말이지 추하다고 해도 할 말이 없다. 그게 컵

떡볶이의 마력이다. 한창 성장하는 어린아이에겐 〈반지의 제왕〉 속 절대반지의 마력과 동급이다.

그렇게 해서 떡볶이가 일곱 개가 나오면 녀석은 한 말이 있어서인지 약속을 지켰다. 만약 여섯 개가 나온 날에는 나도 깔끔하게 포기했다. 여기서 하나만 달라고 떼를 쓰면, 그나마 하나씩 얻어먹을 것도 못 먹게 되리란 걸 직감했던 듯하다. 내가 할 수 있는 일은, 아주머니가 제발 많이 담아주기를 기도하는 것뿐이었다.

물론 이렇게 눈가가 촉촉해지는 날만 있었던 건 아니다. 위풍당당하게 '내돈내산' 한 날도 있었다. 그리고 정말 놀랍게도 잭팟이 터지기도 했다. 무려 떡이 여덟 개! 어묵 쪼가리도 둘! 크으, 이게 인생이다.

이렇듯 내 인생 떡볶이는 당연히 컵떡볶이다. 구체적으로 맛을 묘사하자면, 오래 푹 익혀 눅진하고, 초등학교 앞에서 판매할 만큼 달달 매콤하면서도 조미료와 파로 낸 감칠맛이 존재하는? 의외로 이런 떡볶이 맛을 찾기가 너무 힘들어졌다. 서울에 올라와서 여러 떡볶이집을 다녀봐도 없었다. 이게 참, 어느 순간부터 떡볶이의 전투력이 매운 맛이 됐다. 도대체 언제 그렇게 변했는지 몰라도 요즘 떡볶이는 내가 알던 떡볶이가 아니다. 뭐라고 해야 할까, 어릴 적 수줍음 많던 교회 형아를 오랜만에 만났더니, 메탈 밴드에서 얼굴에 분칠하고 악마를 외치고 있는 느낌? 낯설고 부담스럽다. '맵찔이'인 나는 떡볶이와 멀어질 수밖에 없었다. 그러던 어느 날, 우연히 찾게 되었다. 내가 어릴 적 먹었던 바로 그 떡볶이를!

시장 골목의 아주 오래된 노포 '노룬산 분식'의 떡볶이다. 사실 이 떡볶이집을 찾기 전까지 나는 의심하고 있었다. 내가 찾는 어릴 적 떡볶이 맛은 추억에 의해 미화된 것이 아니었을까? 이 세상에 그런 맛은 존재하지 않는 게 아닐까? 아니었다. 정말 내 기억 속 완벽한 그 맛이 노룬산 분식에 있었다. 심지어 분식집은 우리 집에서 10분도 안 걸리는 거리였다. 이건 정말 떡볶이의 신이 나섰다고밖에 할 말이 없다.

운명적으로 나는 노룬산 분식의 단골이 되었다. 알고 보니 예전에 방송 출연도 한 집이었다. 많은 유명인도 맛집이라 추천한 곳이었다. 그래서 난 방심했다. 이렇게 훌륭한 떡볶이집은 당연히 계속되리라고.

작년에 너무 바빠서 떡볶이를 안 먹다가, 올 초에 노룬산 분식을 방문했다. 충격적이게도 가게가 비어 있었다. 버려진 놀이공원의 고장 난 로봇처럼 그 자리에서 연기만 뿜어대던 나는 정신을 차리고 스마트폰을 꺼냈다. 제발 장사가 잘되어서 더 큰 곳으로 이사 간 것이기를! 하지만 허탈하게도, 사장님께서 40년간 운영하던 가게를 마무리하신 것이었다. 후회했다. 왜 영원할 줄 알았을까? 가까우니까 언제든 먹을 수 있다고 생각했을까? 먹을 수 있을 때 한 번이라도 더 갔어야 했다. 인간은 또 이렇게 뒤늦게 소중함을 알게 되는구나.

이제 난 다시 또 내 추억 속 떡볶이를 찾아야 한다. 어떻게 찾을 수 있을까? 어둠의 조직으로 활동할 생각이다. 옛날 학교 앞 떡볶이 맛을 다시 유행시키기 위한 비밀결사대, 아무도 모르게 어둠 속에서 활동하는 이들. 난 작가로서 내게 가능한 활동을 시작하겠다. 이미 『당신의 떡볶이로부터』에 실린 그 단편을 통해 첫발을 내디뎠고, 지금 당신이 보고 있는 이 글이 두 번째 걸음이다. 당신도 합류하지 않겠는가? 함께 떡볶이라는 이름의 추억을 먹으러 가는 거다.

탱커

'월드 오브 워크래프트' 공격대의 최대 인원은 40명이다. 공격대는 게임 내에서 가장 강력한 몬스터를 잡기 위한 온라인 정기 모임이다. 그렇기에 아무나 가입할 수 없다. 서버의 수많은 게이머 사이에서 공격대에 소속되는 건 마치 대기업에 합격하는 것과도 비슷하다.

공격대에 들어가기 위해서는 캐릭터의 스펙을 입증해야 한다. 가장 강력한 적들에게 공격이 통할 만큼 강한지, 장시간 전투를 견딜 정도의 유지력이 나오는지, 한 방에 죽지 않을 만큼 방어력이 높은지.

사용자의 스펙도 중요하다. 접속률, 게임 이해도, 끈기,

그리고 어쩌면 성격도.

그렇게 고르고 골라 모인 최정예 40인이 최종 보스를 무찌르는 게 게임 스토리의 결말이다.

최종 보스는 너무 강력하기에 공격대는 무수한 좌절을 맛본다. 스무 시간 동안 맨땅에 헤딩하기도 하고, 아예 엄두도 못 낼 무력감을 맛보기도 하고, 서로를 탓하고 욕하며 싸우기도 한다. 끝내 포기하고 몇 달을 함께한 공격대가 해체되는 경우도 흔하다. 그렇기에 최종 보스를 잡기 위해서는 철저한 준비와 협력이 필수다. 우리가 맞서는 적이 누구인지 정확히 이해해야 하고, 필요한 도구와 장비를 갖춰야 하고, 40명이 한 몸처럼 움직여야 한다.

그 40명에게는 최선을 다해야 할 각자의 역할이 있다. 크게 세 가지로 나눌 수 있는데, '딜러', '힐러', '탱커'다. 냉정하게 말해서 그 셋의 중요도는 모두 다르다.

40명 중 거의 30명 가까이는 딜러다. 딜러의 역할은 공격이다. 공격 방식은 다양하다. 활과 검 등의 무기를 사용하거나, 불꽃과 얼음의 마법을 쏘거나, 저주를 걸기도 한다. 적을 무찌르는 데에 분명 필요한 역할이긴 하지만, 상대적으로 중요도는 떨어진다.

반면, 힐러는 중요하다. 힐러의 역할은 보살핌이다. 상처 입은 아군을 치료하거나, 보호막과 축복으로 능력치를 상승시키거나, 질병과 저주를 해제한다. 힐러가 없으면 모두 죽을 수밖에 없다. 딜러는 그냥 주워 온다고 하지만, 힐러는 모셔 온다고 표현할 정도로 귀한 자원이다.

그렇다면 탱커는? 공격대에서 가장 중요한 1인을 뽑자면, 만장일치로 같은 대답이 나온다. 메인 탱커다. 만약 탱커가 없다면 나머지 39명이 모여도 시작조차 하지 못한다. 딜러도 힐러도 중요하지만, 절대 대체할 수 없는 가장 중요한 사람이 바로 탱커다.

그럼 그 중요한 탱커의 역할은 무엇인가. 딱 하나, '버티기'다.

가장 앞에서 버티기. 칼 몽둥이가 날아와도, 불구덩이가 쏟아져도, 저주가 퍼부어져도 어떻게든 버티는 것. 그게 탱커의 유일한 역할이다. 그것만으로도 탱커는 40인 공격대를 지탱하고, 강력한 적을 무찌르게 한다. 그래서 탱커는 가장 귀하고, 대단하다.

우리 주위에는 언제나 탱커들로 가득하다. 특히 2020년 시작돼 약 3년간 세계를 뒤흔들었던 코로나19 시국에는 그 사실을 자주 확인할 수 있었다.

요즘 힘드시죠? 네, 그래도 버텨야죠.

일이 없어서 어떡해요? 어휴, 어떻게든 버텨봐야죠.

코로나 타격이 크죠? 뭐, 다들 힘드니까요. 버틸 수밖에 없죠.

내가 아는 모든 개인이 코로나19 시국을 버텨내며 주고받은 말들이다. 탱커가 버티면 보스는 쓰러진다. 결국 코로나19라는 강력한 적도 쓰러졌다.

2005년 가을의 어느 주말, 열여섯 시간을 버텨서 보스 '벨라스트라자'를 쓰러뜨리고 눈물을 흘렸던 40인 중 한 명이었던 나는 언제나 탱커의 그것과 같은 '버티기'의 힘을 믿는다.

소울 푸드

첫 책을 내고 한동안 집에서 데스크톱 앞에 앉아 글을 썼다. 그러다 노트북을 사용하면서부터는 밖에서 쓰는 일이 많아졌다. 집에서는 자꾸 딴짓을 해서다. 나는 당연히 스스로 내 몸을 지배한다고 생각했지만, 환경을 강제하지 않으면 내 몸이 내 말을 안 들었다.

몸뚱어리를 던져놓기는 백색소음으로 적당한 긴장감을 주는 카페가 가장 만만했다. 한동안 단골 카페를 정해서 자주 다녔으나 어느 날 노트북 가방이 너무 귀찮다는 생각이 들었다. 그냥 집에서 슬리퍼 신고 마실 가듯 나가서 글 쓰다 올 수는 없을까? 획기적인 아이디어가 떠올랐다. 피시방에서 쓰면 최고겠는데? 그냥 맨몸으로 가도 도구가 다 준비되어 있고, 의자도 편안하고, 오래 앉아 있는다고 눈치 볼 일도 없다. 이처럼 완벽한 환경이 있을까? 실제로 이용해보니 역시나 만족스러웠다. 글쓰기 최상의 장소는 카페보다 피시방이다.

쓰다가 입이 좀 심심해서 바탕화면의 주문하기 메뉴를 클릭했더니, 아르바이트생이 잘 끓인 매운맛 짜장라면을 내 자리까지 배달해주었다. 캬, 감탄이 절로 나오고 진짜 세상 좋아졌다는 생각이 들었다. 물론 아르바이트생 입장에서는 아주 힘들어졌다. 요즘 피시방 아르바이트생은 제육덮밥도 만들 줄 알아야 한다. 거기에 비하면 약 20년 전 대구에서 피시방 아르바이트를 했던 난 참 '꿀 빤' 세대다. 그 시절에는 피시방에서 음식 조리가 불가능했다. 끽해야 컵라면에 물 부어주기가 전부였다. 대신 손님이 먹고 싶은 음식을 배달시켜주는 건 가능했다.

"알바야, 짜장면 한 그릇만 시켜도!"

"네!"

그럼 내가 중국집에 전화를 걸어서 짜장면을 시키는데, 여기서 아르바이트생에게 일종의 권력이 하나 생긴다. 어느 중국집에 주문할지를 내가 고를 수 있는 거다. 그러다 보니 중국집 배달 기사분들은 조용히 아르바이트생의 옆구리를 찌른다.

"다른 곳 말고 우리 중국집에만 시켜주면 주문 한 번당 500원을 떼줄게요."

전화 권력을 가진 아르바이트생에게 주어진 일종의 리베이트다. 당시 내 시급이 1900원이었는데 주문 1회당 500원이면? 한 시간에 네 번만 주문을 받아도 시급보다 많다. 안타깝게도 그 돈을 챙길 순 없었지만 말이다. 그 뇌물은 일일이 기록해서 사장님이 다 거둬 갔다. 그림의 떡에 불과했는데, 어느 날 내게 위기가 왔다. 같이 타일 기술을 배웠던 형이 내 한 달 생활비를 몽땅 가져가버린 바람에 먹고실 돈이 없어진 거다. 정말 돈이 한 푼도 없던 그때, 내가 선택한 방법은 어떻게든 하루에 500원씩만 내가 챙기는 것이었다. 그렇게 1000원을 만들면 집 근처 슈퍼에서 유통기한이 얼마 안 남은 건빵 세 봉지를 사서, 하루에 한 봉지씩 먹으며 그 한 달을 버텼다. 하필 또 그 건빵이 싸구려라 별사탕이 안 들어 있었다. 목메어 죽는 거다, 어휴. 보통 가장 힘든 시절에 먹었던 음식을 소울 푸드라 칭한다면, 내게는 건빵이 소울 푸드일 수도 있겠지만 소울 푸드에는 보통 한 가지 조건이 더 붙는다. 티브이에서 보면 보통 소울 푸드를 먹으면서 눈시울을 붉히지 않나. 지금 내가 건빵을 먹어봤자 인상만 찌푸려질 뿐이다. 아 건빵 맛없어, 맛없어(훗날 최씨 성을 가졌던 그 형을 추억하며 나는 내 소설의 빌런 이름을 주야장천 최무정이라 붙였다).

하지만 '김가네'의 '오불덮밥'이라면 말이 달라진다. 피시방에서 일하던 시절에 가장 많이 먹었던 게 그 오불덮밥이다. 당시 나는 하루에 열한 시간을 근무했는데, 두 끼를 사 먹기는 돈이 아까워서 한 끼를 든든하게 먹는 걸 선호했다. 그래서 가장 자주 시켜 먹은 음식이 오불덮밥이었다. 쟁반짜장 같은 큰 접시에 가득 담겨 오는데, 먹고 나면 열한 시간 근무를 거뜬히 버틸 수 있을 만큼 든든했다. 매콤달콤 쫄깃한 그 맛도 얼마나 훌륭한지, 매일 먹어도 전혀 질리지 않았다. 한 달에 20일은 먹지 않았을까? 이 글을 쓰는 지금도 먹고 싶어진다.

서울로 올라오면서 오불덮밥을 먹을 일도 없어졌다. 사실 김가네가 체인점인 줄 몰랐기에 서울에도 있을 거란 생각 자체를 못 했다. 그러다 몇 년 뒤, 건대입구역 근처로 이

보리 麥
보리건빵

사 가면서 서울에도 김가네가 있다는 걸 알게 되었다. 볼 것도 없이 바로 들어가 오불덮밥을 주문했다. 아마 그때 내 표정이 굉장히 웃겼을 거다. 그 옛날 시급 1900원 받으면서 열한 시간씩 일하던 힘든 시절을 추억이랍시고 곱씹으며 혼자 히죽대던 모습이 말이다.

이윽고 오불덮밥이 나왔을 때, 나는 크게 당황했다. 내가 알던 김가네 오불덮밥은 이런 게 아닌데? 양이 왜 이렇게 적지?

일단 쟁반짜장 그릇이 아닌 평범한 냉면 그릇이었고, 오징어와 제육이 내가 먹던 양의 3분의 1도 안 되었다. 밥과 건더기의 비율도 5 대 5가 아니라 7 대 3이었다. 잘못 나왔나 싶어 주방을 돌아보았지만, 이게 정량인 듯했다. 이때 가장 먼저 든 생각이 '서울 무섭다'였다. 서울 물가가 비싼 줄은 알지만, 그 오불덮밥이 이 모양 이 꼴이라니? 서울 참 무섭다.

먹어보니 맛도 대구보다 좀 덜했다. 아무리 손맛이 다르다고는 하나 그래도 같은 조리법을 쓰는 프랜차이즈 음식점인데 대구가 더 맛있었다. 풍성한 양에서 오는 식감과 진한 양념의 힘에서 차이가 나는 듯했다. 참 아쉬웠다. 좋아하는 맛이었으므로 나는 포기하지 않고 김가네가 보일 때마다 오불덮밥을 먹고 다녔다. 이후 전국적으로 강연을 다니며 깨달았다. 내가 그 시절에 먹던 그 오불덮밥은 앞으로도 절대 못 먹을 소울 푸드라는 걸 말이다. 어느 지역을 가든, 심지어 대구에서도 쟁반짜장 크기로 한가득 듬뿍 담은 오불덮밥은 말이 안 되는 차림이었다. 당시 나는 그게 당연한 줄 알았지만, 알고 보니 김가네 사장님은 피시방 아르바트생인 내게 일종의 리베이트를 제공한 것이다. 손님들이 한식을 찾으면 김가네로 주문을 넣어달라는 취지로 말이다. 말하자면, 중국집 500원이 내 소울 푸드인 김가네 오불덮밥의 정체였다. 나는 인지하지도 못한 채 뇌물을 받고 있었던 셈이다. 위치가 달라진 지금은 어디서도 소울 푸드를 마주하지 못하는 게 너무나도 당연하다.

두 가지 의미로 부끄러웠다. 뇌물 푸드를 내 인생의 소울 푸드라고 생각한 점, 그리고 당시 버젓이 뇌물을 받아놓고도 김가네를 열심히 추천하지 않은 점이다. 돌이켜보면 분명 사장님은 배달 올 때마다 추천해달라고 요청했는데, 왜 손님들에게 적극 홍보하지 않았을까. 내가 먹는 오불덮밥을 특별히 풍성하게 만들었다는 말을 못 들어서였을까?

아니 어쩌면 그런 말을 들었는데 내가 그냥 흘려보냈을 수도 있다. 아저씨는 얼마나 속이 터졌을까. 어떤 위치에 선다는 것은 누군가의 입장에는 무감각해지는 일인가 보다. 일개 피시방 아르바이트생도 그러한데 더 큰 위치에 선 사람들은 오죽할까. 혹, 지금의 나는 무엇에 무감각해 있을까? 모를 일이다.

최근에 충격적인 일이 벌어졌다. 김가네에서 오불덮밥을 메뉴에서 삭제한 거다. 처음에는 우리 동네만 그런 줄 알고 다른 동네도 들러봤는데, 모든 지점에서 오불덮밥 메뉴가 사라졌다. 이럴 수가? 그게 김가네에서 제일 맛있는 메뉴인데 그걸 왜 뺐지? 과거 삼양라면 건더기수프에서 햄이 빠졌던 때보다 더 충격적이었다. 제발 김가네에서 다시 오불덮밥을 추가해주면 좋겠다. 김가네의 오불덮밥을 인생의 소울 푸드로 생각하는 사람을 위해서.

정신승리라는 말

어린 시절, 티브이 광고에는 어쩜 그렇게 근사해 보이고 먹음직스러운 음식이 많이 나왔을까. 지금에야 건강에 해롭겠네, 과대광고네, 별맛 없겠네 딱 눈에 보이지만, 여전히 어린아이에게는 매우 유혹적일 것이다. 나에게도 그런 광고가 있었다.

"뿌리고! 비비고! 또 먹고!"

일명 '뿌비또'. 밥에 뿌려 먹는 가루 제품의 이름이다. 티브이에서 "뿌리고! 비비고! 또 먹고!" 하는 걸 볼 때마다 너무나도 먹고 싶었다. 광고 속 꼬마도 어찌나 행복한 얼굴을 하고 있던지! 저걸 밥에 뿌려 먹으면 끝내주게 맛있겠지? 얼마나 먹고 싶었으면, 열 살도 안 되던 내가 엄마를 설득하고 나섰다.

"저거 하나만 있으면 다른 반찬 하나도 필요 없다."

꽤 비싼 가격이었기에 이 정도 거래는 해야만 구매할 수 있었다. 슈퍼에서 돌아오는 길에 엄마가 진짜 그것만 있어도 밥 먹을 수 있느냐고 물었는데, 자신 있게 고개를 끄덕였다.

집에 도착하자 엄마는 김이 모락모락 올라오는 밥공기를 가져다주었고, 나는 즐겁게 뿌비또 한 봉지를 뜯었다. 밥 위에 잘 조준해서 광고에서 본 것처럼 뿌리고, 비비고, 마침내 양껏 한 숟가락을 떠서 먹었을 때, 그 어린 나이에도 빠른 판단이 섰다.

'어? 이거 뭔가 잘못됐는데…?'

그 생각을 입 밖으로 내기에는 엄마의 궁금해하는 시선이 내게로 향해 있었고, 나는 곧 광고 속 꼬마와 같은 표정으로 말했다.

"진짜 맛있다!"

난 광고의 꼬마 모델처럼 행복을 연기하며 우걱우걱 밥을 퍼먹었다. 궁금하다며 한 입 먹어본 엄마는 이해할 수 없다는 얼굴이었는데, 아마 어린 입맛에는 맞나 보다, 생각하고 넘어가는 듯했다. 진짜 맛이 너무 오묘했다. 이게 도대체 뭐지? 그 녀석은 왜 그렇게 맛있게 먹었지? 걔도 옆에서 엄마가 감시하고 있었나?

혼란스러워도 티 낼 수가 없었다. 이 비싼 걸 조르고 졸라 샀는데, 감히 맛이 이상하다고 할 수는 없었다. 그날부터 눈물의 뿌비또가 시작되었다. 뿌비또 한 박스에는 스무 개가 넘게 들어 있었으니까. 가족들이 다 김치에, 어묵에, 김에, 오징어채에 밥 먹을 때, 난 오직 뿌비또였다. 다른 반찬 다 필요 없다고 말한 이상, 오직 맨밥에 뿌비또만 먹어야 했다. 즐거운 척 "뿌리고! 비비고! 또 먹고!"도 따라 했는데, 아마 얼마 안 가 매너리즘에 빠진 게 티 났을 거다. 결국 며칠 만에 눈치챈 엄마에 의해 뿌비또 1찬 정식 생활은 끝났지만, 마지막까지 난 우겼다.

"근데 진짜 맛은 있었어."

그래도 그때 난 뿌비또를 먹어봐서 행복했다. 사실이다. 이건 인간의 본능적인 심리이다. 자기가 추천한 식당에 갔을 때 "난 맛있는데?"란 말을 안 해본 사람이 있을까? 살다 보면 이런 비슷한 일이 정말 많다. 내가 추천하거나 선택한 무언가가 기대보다 못할 때 어떻게든 장점을 찾아내보는 거다. 요샛말로 '정신승리'라는 표현이 딱이다. 물론 이 말은 상대를 어느 정도 비웃기 위해 사용되지만 꼭 부정적으로만 쓰일 말은 아니라고 본다. 몸에 바이러스가 침투하면 면역 세포가 활동하듯, 정신에 해로운 생각과 감정이 침투하면 방어기제가 작동하는 것 아니겠는가. 만약 모든 정신승리를 나쁘게만 본다면 '졌잘싸(졌지만 잘 싸웠다)', '중꺾마(중요한 건 꺾이지 않는 마음)', '실패에서 배운다'라는 말도 모두 비웃음의 대상이 되어야 한다. 오직 결과만을 중시하는 삭막한 사회가 되지 않으려면, 때로는 타인의 정신승리를 너그럽게 존중해주는 시각도 필요하지 싶다.

그런 의미에서 장기하와 얼굴들의 노래 〈별일 없이 산다〉를 좋아한다. 분명 니가 들으면 불쾌해질 만한 얘기를 들려주겠다고, 오늘 밤 절대 두 다리 뻗고 잠 못 잘 거라고, 왜냐면 나는 별일 없이, 별다른 걱정 없이 산다고, 믿고 싶지 않겠지만 나는 하루하루 즐겁고 사는 게 재미있다는 게 핵심 가사 내용이다.

장기하는 꿰뚫은 것 같다. 가끔 어떤 사람들은 누군가의 행복을 깎아내리고 싶어 한다고 말이다. 그때 가장 많이 사용하는 말이 정신승리가 아닐까.

내가 처음 글쓰기를 시작했을 때 난생처음 '나 요즘 행복하다'라고 확신하며 말하게 되었다. 사실 생각해보면 그때 난 더 힘들었다. 낮에는 종일 육체노동 하고, 집에 오면 씻고 컴퓨터 앞에 앉아 잠들기 직전까지 원고 노동 하고, 다시 일어나 육체노동 하고, 원고 노동 하고…. 몸은 지쳐갔지만 정신은 점점 행복해져, '아, 행복이라는 게 육체의 고단함을 뛰어넘어 정신적으로도 가능하구나' 하고 생각했다. 그 시절의 점심시간에, 공장에서 유일하게 사람들이 모여서 대화할 수 있는 그 시간에, 오랜만에 온 거래처 사람들과 대화하며 근황을 나누었다. 난 자연스럽게 "저 요즘 행복해요"라고 말했는데, 그 즉시 옆에 있던 거래처 형이 받아쳤다.

"아니야."

엥? 뭐지? 갑자기? "행복해요"에다가 "아니야"는 대화의 맥락이 없지 않나? 내가 행복하다고 하는데 왜 "아니야"라는 말이 나오지? 나는 다시 말했다.

"저 행복한데요?"

그러자 형은 손바닥을 흔들며 단호하게 다시 말했다.

"아니야."

오잉?

"저 진짜 행복한데요?"

그러자 형은 검지로 마치 '아바다 케다브라'•를 쏘듯 내 머리를 두 번 가리켰다.

"아니야. 너는 지금 스스로를 속이고 있어! 행복한 '척!'을 하고 있는 거야."

내가? 이해할 수 없었지만, 나중에 생각해보면 그 형은 '행복'에 대한 본인만의 기준점이 있었던 거다. 성수동 지하의 작은 주물 공장에서 땀 뻘뻘 흘리며 일하는 육체노동자가 행복할 리가 없다는 게 그 형의 기준이었다. 좀 더 정확히 말해서 '행복해선 안 된다'일지도 모른다. 그렇기에 그 형은 내 행복을 정신승리로 치부하는 그런 말을 했던 거다. 다시 강조하지만, 난 진심으로 행복했다. 혹 내 감정이 정말 정신승리에 기반한 것이었대도 지적의 말이 필요할까? 타인의 방어기제를 굳이 무너뜨리는 말들 말이다. '그 돈이면 그걸 사지'란 말도, '진 건 진 거지'란 말도, '솔직

• 영화 〈해리 포터〉에 나오는 살인 주문.

히 말해봐'란 말도 그렇다. '잘 샀네', '좋아 보이네', '그러네' 같은 말이 진짜 필요한 말이다. 그러니 살면서 정신승리를 열심히 하는 사람들을 발견하면, 가끔은 그냥 맞장구를 쳐주면 어떨까. 그 사람의 정신승리가 타인에게 피해가 되지 않는다면 맞장구 정도는 해로울 것 없는 친절이 아닐까.

생산성 없는 궁금함

"작가님, 오팬무?"

'오늘 팬티 무슨 색'의 준말이다. 강연 중에 학생들에게 난 무례란 게 없는 사람이니까, 어떤 질문이든 편하게 물어보라고 하면 항상 이 질문이 나온다. 웃기자고 하는 질문인 걸 아니까, 나도 웃기기 위해서 뒤돌아 팬티를 확인하고 솔직하게 답변해준다. 그 정도로 내 강연 때의 질의응답 시간에는 성역이 없다.

이제껏 강연을 다니며 내가 답변하지 못한 질문이 없다고 자신 있게 말하면, 도전 정신이 솟아나는지 정말 온갖 질문이 나온다. 재산이나 정치 같은 건 물론이고, 여기에

차마 적지 못할 내용도 있다. 놀랍게도 난 정말 한 번도 대답을 못 해본 적이 없다. 그런데 얼마 전, 처음으로 그런 질문이 나왔다.

"작가님, 작가님은 사랑이 뭐라고 생각하세요?"

중학교 강연 중에 나온 질문인데, 내가 곧장 대답하지 못하니까 아이들이 승리했다며 환호하기 시작했다. 나는 얼른 변명하듯 말했다.

"잠깐만! 잠깐만요! 며칠 전에 이걸 생각했는데 그게 갑자기 기억이 안 나서 그래요."

그냥 당장 생각나는 아무 말이나 해도 됐겠지만, 내가 진심으로 생각했던 걸 말해주고 싶었다. 1분 넘도록 생각이 안 나서 일단 '킵' 해두고 다른 질문들을 받았는데, 번개가 친 것처럼 갑자기 떠올랐다.

"아! 아! 생각났습니다. 제가 생각하는 사랑은 '서로를 궁금해하는 것'입니다. 이게 제가 며칠 전에 진지하게 생각했던 대답입니다."

속이 다 시원했다. 학생들도 환호하며 손뼉을 쳤다. 그 날은 시간이 부족해서 더 자세히 말하진 못했지만, 이런 생각을 하게 된 것은 실제 경험에 의해서다. 사실 난 깜짝 놀랄 정도로 타인을 궁금해하지 않는다. 그래서 친구를 잘 못 사귀나 싶을 만큼 극단적이다. 근데 누군가를 사랑하게 되니까 달라졌다. 스스로도 놀랄 정도였다.

'이 사람이 오늘 뭘 먹었는지를 내가 왜 궁금해하지?'

김치찌개를 먹든 칼국수를 먹든 그게 뭐라고? 그동안 내가 누군가에게 뭘 먹었는지 물어볼 때는 반드시 이유가 존재했다. 참고해서 내 식사 메뉴를 정하기 위함이거나, 같이하기로 한 식사 자리에서 중복 메뉴를 피하기 위함이거나. 근데 연인이 뭘 먹었는지 궁금해하는 일은 아무리 생각해도 생산성이 없다. 내가 무슨 목적으로 묻지? 왜? 오늘 만날 것도 아닌데 왜? 이해할 수 없고, 그렇기 때문에 오히려 수긍하게 됐다. 궁금해하는 이유를 설명할 수 없을 때 설명하기 위한 수단이 바로 사랑이구나. '사랑하니까 궁금하다'가 유일하게 말이 되는 설명이었다. 생산성 없는 궁금증을 설명하기 위해 사랑이 쓰인다면, 사랑을 설명하기 위해서는 생산성 없는 궁금증이 쓰일 수밖에 없다. 그러니 내게 사랑이란 서로를 궁금해하는 일이다.

사실, 사랑이 식었다는 것을 가장 먼저 눈치채는 것도 그 부분이다. 연인이 더는 나를 궁금해하지 않는단 걸 눈치챘을 때. 그냥 너무 편안해지고 익숙해진 거라고, 서로를 뻔히 다 아니까 그런 거라고 애써 생각해보아도 불안이 꺼지질 않는다. 난 실제로 물어보기도 했다. 어느 날 저녁 통화에서 일과를 묻던 중, 그 말이 불쑥 튀어나왔다.

"근데 왜 너는 나를 궁금해하지 않아?"

그때 돌아온 대답이 '그냥 원래 내 성향이 그렇다'였다. 뭐라 반박할 수 없는 말이었지만, 쉽게 수긍할 수도 없었다. 원래 성향이 그렇다니? 내가 원래 그런 사람이었는데?

이날 생긴 작은 균열 때문인지 그 사람과는 오래지 않아 끝나게 되었다. 어쩌면 사랑이 식었다고 느낀 것도 내 착각일 뿐이고 그 사람은 진짜 그런 성향이었을 수도 있다. 그래도 끝은 같았을 거다. 그 사람이 나를 위해 맞춰주는 것이든, 내가 그 사람에게 맞춰주는 것이든 과부하가 걸릴 수밖에 없었을 테니까.

내가 왜 '사랑은 서로를 궁금해하는 것이다'라 생각하는지는 결국, 내가 그런 관계를 원하기 때문일 거다. 퇴근 후 붙어 앉아 서로의 하루를 미주알고주알 떠드는 모습이 내가 꿈꾸는 가장 이상적인 사랑의 형태다. 그런 두 사람은 무슨 일이 있어도 평생 함께하지 않을까? 떨어지기에는 서로가 너무 궁금해서라도 말이다. 혹여 또 다른 사람을 만나 사랑을 하게 된다면 또 어떤 정의를 내리게 될지 알 수 없으나, 서로를 궁금해하는 마음, 그것이 사랑이라는 생각은 변함없이 첫 번째 자리를 차지하게 될 듯하다.

잠들기 전 천장에

처음 당구를 배운 사람들이 겪는 신비하고 유명한 현상이 있다. 자려고 누웠을 때 갑자기 천장이 당구대로 보이는 현상이다. 꼭 당구가 아닐지라도 무언가에 중독되어본 사람은 이 말이 진짜란 걸 알 거다. 나도 살면서 몇 번이나 천장이 다른 걸로 보인 경험이 있다. 가장 최초의 경험은 초등학교 때다. 오락실 대전 격투 게임에 입문하니까 밤마다 천장이 오락실 기계 화면으로 보였다. 잠들기 직전까지 온갖 가상 플레이를 해본다. 왜 이런 현상이 일어날까? 입문기에는 해보고 싶은 플레이가 너무 많아서다. 어느 정도 경지에 오르면 이런 현상이 사라진다. 살짝 아쉬운 점이다. 잠들기 직전까지 두근거리게 하는 무언가가 있던 시절이 인생에서 가장 즐겁기 때문이다.

오락실 화면 이후로도 내 인생에는 이런 일이 자주 일어났다. 천장에 탁구대가 보인 적도 있고, 컴퓨터 화면이 보인 적도 있고, 배드민턴 네트가 보인 적도 있다. 신기하게도 이 현상은 딱 20대까지만 일어났다. 사람은 나이를 먹을수록 감흥이 떨어진다더니 정말 그러한 듯하다. 즐거움의 역치가 너무 높아졌는지, 새로울 게 없는지 몰라도 30대 이후로 한동안 그 현상은 일어나지 않았다. 그러다 얼마 전, 놀랍게도 몇 년 만에 또다시 그 현상을 경험했다.

강원랜드 카지노 하이원 리조트 객실 천장에서다.

처음 내 생각은 이러했다. '작가로서 다양한 경험을 한다는 건 커다란 자산이 아닌가? 카지노를 한번 갔다 오면 좋은 소재를 많이 얻을 수도 있을 거야.' 그렇게 찾아간 강원랜드의 게임 이용 방법은 복잡했다. 미리 회원 가입해서 카드를 발급해놓아야 했고, 입장 날짜와 인원 제한 같은 것도 있고. 그냥 지나가다 들렀다고 말할 순 없는 시스템이었다. 강원랜드에 가는 사람들은 정말 각 잡고 카지노에 가는 거였다.

입장 전에 정말 많은 사람이 줄을 섰는데, 거기에 속해 있으려니 묘하게 찔렸다. 나쁜 짓을 하기 위해 줄 선 느낌? 대기 줄을 관리하는 리조트 직원이 당장에라도 "죄수 번호 순 일렬종대로 헤쳐 모여!"라고 외칠 것만 같았다. 문이 열리고 우르르 사람들이 들어갈 때, 심장이 두근거렸다. 내가 상상한 세계가 펼쳐질까? 정말 카지노에는 좀비의 눈동자를 한 사람들로 가득할까?

막상 목격한 강원랜드의 풍경은 허무했다. 다양한 영상 콘텐츠에서 봤던 도박 폐인의 모습은 없었다. 최소한 겉보기에는 말이다. 그나마 파친코 기계를 돌리는 사람들만 조금 그랬다. 하품이 나올 것 같은 눈으로 무심히 버튼만 누르고 있는 게으른 모습이었는데, 그건 내가 피시방 아르바이트 하던 시절에도 종종 보던 광경이었다. 모 온라인 게임에서 매일 소위 '레벨업 노가다'를 하는 사람들의 표정이 딱 그랬다. 둘 다 한 사행성 하는 것들이어서일까?

생각보다 특별함을 발견하지 못한 나는 가장 먼저 '무료 음료수'를 찾아 떠났다. 강원랜드 관련 인터넷의 유명한 '밈' 중의 하나가 "강원랜드는 음료수 맛집이다"다. 무료 음료만 계속 마셔도 입장료 본전은 뽑는다는 농담이었는데,

과연 얼마나 대단하기에 밈까지 있을까 싶었다. 막상 찾아 낸 음료 코너는 기대보다는 실망스러웠다. 그냥 셀프 바에 디스펜서 몇 대가 있는 것이 다였다. 그걸 보고서야 그 밈의 진정한 의미가 이해됐다. 진짜 맛집이라기보다는, 강원랜드의 중독성을 경계하는 의미로, 만약 어떤 곳인지 궁금해서 가게 되더라도 음료만 먹고 나오는 게 현명하다는 농담이었던 거다. 나도 그래야겠다는 생각으로 두 잔을 마시고, 본격적으로 카지노 게임들을 살펴보러 나섰다. 이때 딱 현금 20만 원을 가져갔는데, 목표는 하나였다. 이 돈 20만 원을 모두 잃자!

첫 도박에서 돈을 잃은 놈이 가장 운이 좋고, 돈을 딴 놈이 가장 재수 없다는 말이 있다. 공감했기 때문에 난 철저하게 20만 원을 모두 잃을 생각이었다. 부담 없이 푼돈 칩으로 몇 개 카지노 기계를 재미 삼아 돌았다. 룰렛도 해보고, 주사위도 해보고, 규칙을 모르겠는 기계 앞에서는 아무것에나 돈을 걸어보기도 했다. 그러다 드디어 내가 잘 아는 게임을 발견했는데, '블랙잭'이라는 카드 게임이었다. 트럼프 카드 한 장씩을 받으며 21에 가장 가까운 숫자를 만든 사람이 승리하는 게임으로, 쉬운 카드 게임 중 하나였다. 난 블랙잭 기계 앞에 정착했다. 수십 대의 기계가 눈앞의 커다란 스크린 속 딜러와 각자 승부하는 시스템이었는데, 실제 사람을 상대하지 않으니 그냥 평범한 게임을 하는 기분이 들었다. 아무 생각 없이 내 마음대로 베팅을 시작했고, 10분이 지났을 때… 난 64만 원을 벌었다. 심장이 사정없이 쿵쾅거렸다. 고작 10분 만에 64만 원을 벌었다고? 게임 머니가 아니라 진짜 현금을? 이게 말이 되나? 이게 진짜 현실인가?

흔히 아드레날린이 폭발한다는 표현을 쓴다. 한 판 한 판 승패가 갈릴 때마다 정말 머리카락이 송곳처럼 서는 느낌이었다. 이성은 '지금 잘못되고 있다'며 위험성을 경고했지만 멈출 수가 없었다. 최근에 이처럼 게임에 몰입한 건 처음이었다. 나중에 화장실에 가려고 일어났을 때에야 겨우 냉정하게 생각해볼 수 있었다. 여기까지만 하고 지금 그냥 딴 돈을 모두 환전해서 나갈까? 그게 아니면, 그냥 원래 계획대로 모든 돈을 다 잃을 때까지 계속할까?

난 후자를 선택했다. 첫 도박에서 돈을 잃어야만 중독되지 않을 거라는 핑계를 댔지만, 솔직히 너무 재밌어서 멈출 수가 없었다. 난 '잃어야 한다'라는 명분으로 과감한 베팅을 이어갔다. 한 번에 수십만 원을 벌 때도 있고, 잃을 때도 있었다. 두 시간 정도 씨름하다가 끝내 난 원래의 목적대로 가져온 모든 돈을 잃었다.

그렇게 카지노 입구를 나오는 내 발걸음에는 미련이 가득했다. 친절하게도 강원랜드는 현금인출기가 마련돼 있었다. 다행히 난 나락으로까진 가진 않았고, 바로 옆에 있던 중식당에서 늦은 저녁을 먹은 뒤 객실로 올라가 침대에 누웠다. 스마트폰을 만지작거리다가 잠들기 위해 누웠을 때, 천장에 블랙잭이 돌아갔다. 실로 몇 년 만에 경험하는 현상이었다. 난 흥분이 가라앉지 않은 상태로 온갖 전략을 구상했다. 블랙잭 필승법이 있지 않을까? 확률을 계산해서 카지노를 무너뜨린 수학자가 있지 않았나? 도박사는 베팅 액수를 통일해서 흔들리지 않고 친다던데 나도 그래야 했을까? 1000원 베팅해서 지면 2000원 베팅하고, 또 지면 4000원 베팅하고, 또 지면 8000원 베팅하고, 이걸 반복하면 무조건 이길 수 있지 않나?

진짜 잠들기가 힘든 밤이었다. 이윽고 다음 날, 나는 원래의 목적인 '카지노에서 소재를 얻는다'를 벗어난 방문을 하게 되었다. 이번에도 20만 원을 가져갔는데, 딴은 이랬다. 어제 잃은 20만 원만 따면 뒤도 돌아보지 말고 나오자. 그러면 본전에다가 공짜 음료도 즐겼으니 이득이다. 왠지 잘할 수 있을 것 같았다. 어제 천장에서 시뮬레이션을 했던 내용들, 스마트폰으로 검색했던 블랙잭 팁을 모조리 숙지한 상태였으니까. 심지어 베팅할 때 난 스마트폰 화면을 켜놓고, 베팅 공식을 따라 하기도 했다. 결과는? 한 시간 만에 가져간 20만 원을 모조리 잃었다. 너무 허무하게 돈을 다 잃게 되니까 오히려 한발 물러날 수 있었다. 이게 도박이구나. 아, 도박이구나.

곧장 카지노를 빠져나와 찬바람을 쐬며 근처 카페로 가 빵과 음료를 시켜 먹었다. 사실 디저트 가격이 엄청 비쌌는데, 그게 돈처럼 느껴지지 않았다. 금전 감각이 이상해진 거다. 이곳에서 먹은 식사와 숙박비도 그랬다. 강원랜드 물가가 엄청 비싼데도 그렇단 생각을 안 하게 됐다. 어차피 버튼 클릭 한 번으로 쉽게 벌 수 있는 돈이었으니까. 뒤늦게, 40만 원을 잃은 게 다행이란 생각이 들었다. 내가 만약 첫 도박에서 땄다면 어떻게 됐을까? 과연 도박 중독에 빠지지 않았으리라고 장담할 수 있을까?

40만 원이라는 큰돈을 잃었지만 마음은 차분했다. 진심으로 그 돈을 잃은 게 행운이었다. 카지노를 경험해보는 값으로 40만 원을 참 잘 썼다고 생각하니까 혼자서도 절로 고개가 끄덕여졌다. 진짜로 그랬다. 그만큼 도박이 무섭다. 내 몸의 주인이 내가 아니게 된다. 근거 없는 생각으로 합리화만 하면서 도박의 노예가 되고, 금전 감각이 없어져서 돈의 역치가 망가진다. 10분 만에 한 달 아르바이트비를 따는걸, 일상으로 돌아가 최저 시급으로 일해야 한다면 그 사람의 머릿속이 어떨지는 뻔하다.

도박은 정말 도박이다. 내가 아무리 나를 자신하고, 현명하다고 생각하고, 다르리라 예상해도 도박은 역시 세상에서 아주 무서운 것 중 하나다. 낭떠러지가 위험한 줄 알면서 굳이 그곳에서 떨어져볼 필요는 없다. 혹시 정 경험해보고 싶다면, 하나만 기억하기를. 강원랜드는 그냥 음료수 맛집이다.

강원랜드에 가면 작가라는 자의식으로 소재를 찾으러 다닐 줄 알았는데, 도박 폐인의 모습을 보고 싶었으면 굳이 힘들게 찾아볼 것도 없이 거울을 보면 됐다.

정말 오랜만에 찾아온 천장의 그 현상이 반가웠지만 두 번 보고 싶지는 않다. 다행히도 강원랜드 하이원 리조트 천장의 그 풍경은 그곳에 남겨두고 왔다. 내가 여전히 무언가에 몰두하여 두근거릴 수 있다는 걸 확인한 것만으로도 만족한다. 또 다른 풍경이 내 방 천장에 펼쳐지기를 기대해본다.

평양냉면과 웨이팅이 만났을 때

아무 생각 없던 것도 호들갑 떨면 싫어진다는 말이 있다. 사실 나는 호들갑에 찬성하는 쪽이다.

호들갑 대표 음식 중 하나가 평양냉면이다. 몇 년 전에 미식가들이 즐기는 냉면이라며 그렇게들 유난인 때가 있었다. 미식 고수가 평양냉면을 소개해주고, 미식 초보가 이게 무슨 맛이냐며 어리둥절해하는 표정을 짓는 그림을 한두 번 본 게 아니다. 처음 접한 사람들이 그냥 '소 씻은 물맛'이라고 솔직하게 평가하면, 꼭 나오는 말이 있다.

"처음 먹으면 원래 아무 맛도 안 느껴지는데, 다음 날 되면 자꾸 생각 날걸?"

이 호들갑 패턴을 몇 번이나 봐서 그런지, 평양냉면이 도대체 무슨 맛일까 궁금해졌다. 가장 가까운 평양냉면 집을 검색해 날 잡고 한번 걸어가봤다. 예상하기를, 난 그 깊은 맛을 못 느끼는 쪽이지 않을까 싶었다. 내가 호들갑 문화를 좋아해도 그걸 진짜 믿는 건 아니다. 처음엔 아무 맛도 없다가 다음 날 생각난다고? 그건 음식을 위한 드라마라고 생각하는 게 상식적이다.

식당에 도착해서 냉면 한 그릇을 주문하고 주변을 둘러보았다. 역사가 깊어 보이는 진짜 노포 인테리어였다. 요즘 유행하는 식당들이 이런 인테리어를 흉내 내긴 하는데, 진짜 오래된 음식점 분위기를 내고자 한다면 한 가지 추천한다. 자식들의 어린 시절 사진을 걸어놔라. 학예회 사진이라든지. 그런 게 벽에 걸려 있어야 '찐'이다. 이 식당이 그런 집이었다.

냉면은 금방 나왔고, 보기에는 평범했다. 과연 정말 소 씻은 물맛일까? 궁금한 마음을 담아 젓가락을 움직였다. 바로 공감의 내적 감탄사를 내뱉었다. 진짜 맹물 같은데 미미하게 육향이 느껴지는 그 맛은 '소 씻은 물맛'이란 표현이 찰떡같이 어울렸다. 솔직히 내 취향은 아니었다. 특히 가격을 생각하면, 일반 냉면 두 그릇을 먹는 게 낫겠단 생각이 들었다. 맛없지는 않지만 무맛인 음식. 그렇게 결론을 내리고 집으로 돌아왔다.

다시 한번 말하지만, 난 호들갑 떠는 걸 믿지 않는다. 요란하게 칭찬하길래 가서 경험해보면 백이면 백 그 정도는 아니었다. 놀랍게도 평양냉면은 진짜, '찐'으로 다음 날 갑자기 그 맛이 생각났다. 헛웃음이 나올 정도로 어이가 없었다. 어제는 별생각 없이 먹었던 그 맛이 자꾸 생각나는 거다. 그렇게 난 이틀 연속 그 냉면집에 방문했다. 충격적이었다. 이렇게 맛있을 수가 있나? 먹으며 자꾸 웃음이 나왔다. 맛이 있어서 나온 웃음이라기보다는, 사람들의 호들갑이 진짜였다는 게 재미있어서 웃었다. 기쁘기도 했다. 소문이 틀리지 않았음에 기뻐하는 건 인간의 순수한 모습 가운데 하나인 듯하다.

그해는 정말 중독이라고 해도 될 만큼 평양냉면에 빠져 살았다. 그 열정이 시들해진 지금도 평양냉면은 매우 좋아하는 음식 중 하나다. 돌아다니며 기회가 있을 때마다 먹을 정도다. 내가 간 가게는 유명한 평양냉면집 중에는 덜 유명한 편이었는데, 계속 덜 유명하기를 바랐다. 그러나 소유욕은 늘 좋은 꼴을 못 보게 마련 아닌가. 지금 그 식당은 한 시간씩 줄 서고 먹어야 하는 집이 됐다. 타격이 컸다. 나는 더 맛있게 먹으려고 주로 집에서 그곳까지 걸어간다. 40분 걸어서 겨우 도착했는데 한 시간을 기다려야 한다? 쉽지 않음. 그냥 포기하고 아래로 내려가서 소방서 옆의 함흥냉면집에서 먹고 오는 일이 잦아졌다. 결국 점점 발길이 뜸해지다가, 며칠 전에 올해 들어 처음 다시 찾아가봤다. 역시나 밖에서 대기 중인 사람들이 열 명 넘게 있었다. 40분을 걸어온 나는 잠깐 고민했지만, 올해 첫 평양냉면은 먹어야겠다는 생각에 번호표 한 장을 뜯었다. 그때, 가게 문이 열리며 아주머니가 나타나 말했다.

"혼자 오신 분? 혼자 오신 분 계세요?"

마침 번호표를 뜯느라 문 앞에 있었던 나는 아주머니와 눈이 마주쳤다. "혼자 왔어요?"란 그 질문에 난 뒤돌아 줄 선 사람들을 바라보았다. 그들 중 누구도 혼자 온 사람이 없는 듯했다. 내가 어정쩡하게 고개를 끄덕인 순간, 나는 그 긴 대기 줄을 무시하고 바로 입장하게 되었다.

"저기 혼자이신 분이랑 같이 좀 앉으세요."

"네? 아 넵."

자리에 앉아 물냉면을 시킨 나는 머릿속이 복잡했다. 이래도 되는 걸까? 저렇게 줄이 긴데? 그냥 기다려야 했나? 특별히 지은 잘못은 없지만 마치 의도치 않은 새치기를 한 듯한 기분이 떠나질 않았다.

사람들에게 미안해서 그런지 난 어느 때보다 빠르게 먹고 자리를 비웠다. 같은 테이블에 먼저 앉아 있던 손님보다도 더 빨리 일어났다. 번개처럼 식사하고 나오는 내 모습은 밖에서 기다리던 손님들을 향한 일종의 변명이었다.

'아까 새치기인 듯 새치기 아닌 새치기를 한 그 사람인데요, 최대한 빨리 먹고 나왔습니다.'

솔직히 이렇게 먹은 평양냉면이 그리 만족스럽지는 않았다. 차라리 한 시간을 기다렸다가 먹었다면 더 맛있었을 듯하다. 어떤 일에서든 마음이 중요하다고들 한다. 맛에서도 그렇다. 이런 이유로 어떤 서사는 다음 날 또 평양냉면을 생각나게 하고, 어떤 서사는 그 맛을 반감시킨다. 음식의 최고 조미료는 마음가짐인 듯하다.

고향집 벨을 누르는 순간

명절만 되면 의아해진다. 왜 사람들은 이렇게나 고향에 가려는 걸까. 요즘은 명절에 귀성하지 않는 사람들이 늘어나고 있다. 명절 스트레스 때문일 수도 있고, 따로 여행을 가고 싶어서일 수도 있고, 단순히 귀찮아서일지도 모른다. 나 역시 그 마음을 충분히 이해한다. 솔직히 말하자면, 내게도 명절은 그런 느낌에 가까웠다. 무조건 내려가야 하나? 명절에 고향을 찾는 건 '습관'에 가깝지 않을까? 매년 가던 것이니까 관성적으로 올해도 가야 하는 일처럼 말이다. 내가 이런 자각을 하게 된 것은 귀성 표 예매에 시달리면서다.

나는 멀미가 굉장히 심해 무조건 기차로만 부산에 내려갈 수 있었다. 명절 열차표 예매는 전쟁이다. 정해진 예매일에 새벽 5시 반 알람을 맞추고, 일어나서 대기하다가 6시 땡 하자마자 바로 예매를 눌러도 대기자가 1만 4000명이다. 겨우 그 대기자를 기다려도 내게 필요한 표는 매진이다. 그러면 이제 또 현장 발권을 하기 위해 역까지 찾아가야 하고, 그것 또한 긴 줄을 서다가 매진이 되면 못 산다. 그러면 어떻게든 취소 표가 나올 때까지 대기하든가, 여의치 않으면 승무원에게 빌어서 입석으로나마 겨우겨우 기차에 오른다. 정말 끔찍하지 않은가.

예매에서부터 이렇게 시달리다 보니, 명절마다 내려간다는 것에 솔직히 회의감을 느꼈다. 내가 이런 이야기를 하면 공장장님은 콧방귀를 뀌며 말했다.

"야! 나 때는 인터넷 예매가 어딨냐, 역에 가서 무조건 줄 서야 했다! 새벽 4시에 나가도 역 광장에 수천 명이 줄 서 있다고. 그래도 못 사면, 암표 파는 양반들이 접근해서 슬쩍 찔러줄 때 비싸게 주고 사야 했지. 그것도 못 사면 열 시간 동안 차 타고 가는 거야."

우리 공장은 직원 다섯 명의 소규모였는데, 나를 제외한 모두가 목포 근처 섬에 고향을 두고 있었다. 공장 식구들의 무용담을 듣다 보면 정말 엄청났다. 서울에서 목포까지 열 시간이 넘게 걸려서 도착하고, 거기서 또 배를 타기 위해 여섯 시간을 대기하고, 뱃길로 세 시간이 걸려 섬에 도착한다. 거의 스무 시간. 왕복을 생각하면 사실상 고향에선 단 하루를 보낼 뿐이다.

내가 꼭 그렇게까지 해서 가야 하는 거냐고 물으면, 나를 이상하게 바라보았다. 공장 식구들에게 귀성은 스무 시간이 걸리더라도 무조건 당연한 것이었다. 반면 나는? 서울에서 부산까지 세 시간이면 도착하는데도 그것을 귀찮아했다. 예매 전쟁 핑계를 대긴 했지만, 솔직히 말해서 예매일 알람을 맞춰놓고도 못 일어난 적이 많았다. 간절했다면 어떻게든 일어나지 않았을까?

그래서 결국 새벽 예매를 못 하고 출근한 어느 날, 공장 식구들은 나보다 더 호들갑을 떨었다. 왜 그걸 못 일어났느냐, 현장 구매도 안 되느냐, 암표라도 알아봐야 하는 거 아니냐, 큰일 났네.

나는 그다지 큰일이라고 생각하지 않았지만, 모두가 걱정했다. 마치 귀성을 못 하면 불행해지는 것처럼 말이다.

심지어는, 사장님이 서울역에 가라고 근무를 빼주기까지 하는 게 아닌가. 교통이 막힐 수 있다고 공장장님에게 오토바이로 태워주라고 하면서까지 말이다.

덕분에 난 늦은 밤 부산 가는 표를 구할 수 있었고, 공장 식구들은 잘됐다며 진심으로 축하해주었다. 하지만 내심 한 번쯤 명절을 서울에서 보내보려고 했던 나는 그 축하가 그다지 달갑지 않았다. 내 귀성길이 뭐라고 온 직원이 나서야 했을까.

늦은 밤 서울역에 가서 혼자 멀미약을 마실 때도, 새벽녘 부산역에 도착해서 바다 냄새를 맡았을 때도, 버스를 타고 영도의 뻔한 그 산동네로 향할 때도 난 시큰둥했다.

그러다 내가 자란 익숙한 골목의 풍경이 다가올 때, 조금씩 반가워졌다. 곧이어 어릴 적 친구의 문자가 도착했을 때, 웃음이 새어 나왔다. 집에 도착해 누른 녹슨 철문의 벨 소리가 너무나 익숙할 때, 안에서 덜컹거리며 급하게 뛰쳐나온 엄마의 목소리가 들려올 때, 그때 비로소 난 깨달았다.

아! 그래, 이래서 귀성을 하는 거였지.

집을 나와 사회생활을 하다 보면 어느새 사회적으로 포장된 '나'라는 인간상을 만들게 된다. 그것 또한 내가 아니라고 말할 순 없지만, 진짜 나는 따로 있단 생각이 늘 무의식에 깔려 있다. 고향에 돌아왔을 때, 나는 서서히 진짜 나로 돌아간다. 그 감각이 너무 반가워서 매년 귀성을 반복하는 것이다. 명절이라서 귀성하는 게 아니라, 귀성할 강력한 명분을 만들어주는 게 명절일 뿐이다.

다시 서울로 돌아와 매일을 살아내다 보면 난 또 분명히 이 감각을 잊게 된다. 다시금 예매를 귀찮아하고, 꼭 귀성해야 하는지 회의감을 느낄 것이다. 그러나 머리가 아닌 내 몸의 회귀본능이 나를 움직여줄 테고, 고향집 벨을 누르는 순간 생각할 것이다. 오길 잘했네.

사람을 믿지 않고 사건을 믿는다

내 외모를 모르는 사람에게 나를 설명하기에 가장 적절한 표현을 찾았다.

"길 걷다가 '도를 아십니까'에 많이 붙잡힐 것같이 생겼어."

난 '도 맛집'이다. 서울에 올라왔을 때부터 지금까지 꾸준히 붙잡히고 있다. 최초로 붙잡혔을 때가 어린이대공원역 지하 통로에서였는데, 그때 들었던 말이 지금 생각해보면 너무 웃기다.

"그쪽이 용의 기운을 타고나신 걸 아세요?"

"예?"

"대한민국 산맥의 기운이 무너지고 있는데, 그쪽만이 그걸 구할 수 있어요."

내가? 대한민국을? 대한민국 멀쩡한데 왜…? 이해할 수 없지만, 그 자리에 서서 30분 넘게 대한민국의 위기와 용의 기운에 관한 설명을 들었다. 지금 생각해보면 어디 끌려가지 않고 30분이나 대치한 것 자체가 일종의 기 싸움이었다. 포켓몬스터를 잡을 때 아무 때나 포켓볼을 던지면 안 되듯이 그분도 내 눈치를 살피며 언제쯤 본론(돈)을 꺼낼지 가늠한 듯하다. 촌놈의 경계심을 장착한 내가 떠날 듯 말 듯 30분이나 듣고 있으니까 끝내 그분은 본론을 꺼내지 못했는데, 인상적이었던 건 내가 돌아서자마자 그분도 약속이나 한 것처럼 동시에 돌아서 걸어갔다는 거다. 마치 이 대화의 끝이 뭔지 서로가 이미 알고 있었던 듯이 말이다. 30분 넘게 잡혀 있었던 게 과연 승리라고 할 수 있을지는 모르겠지만, 어쨌든 난 기 싸움에서 이겼다. 어리숙한 촌놈이지만 의외로 난 사기를 잘 안 당한다. 왜냐? 어릴 때 백신을 맞았기 때문이다. '온라인 게임'은 사기의 천국이다.

'마지막 왕국'이라고, 경남권에서 유행한 온라인 게임이 있다. 거기서는 유저 간 아이템을 사고팔며 거래를 활발히

하는데, 어느 날 한 사람이 나를 축구장으로 오라고 하는 거다. 의심도 없이 따라갔던 나는 골대 뒤에서 살해당해 아이템을 다 떨궜고, 그놈이 유유히 다 주워 가버렸다. 그 게임의 원칙상 원래는 마을에서 거래하면 살인을 할 수 없는데 축구장에서는 됐던 거다. 어린 나이에 그런 일을 겪으면 눈앞이 아찔해진다. 그 외에도 주기로 한 돈을 거래 창에 올려두었다가 마지막 순간에 '0' 하나 빼기나, 아이콘이 비슷하게 생긴 다른 아이템을 거래 창에 올리고 판매하는 사기 등등 온라인 게임은 익명이란 특성 때문인지 정말 사기꾼들 천지다. 하다 보면 누구도 믿지 않게 된다. 지금 생각하면 그때 데이터 쪼가리 몇 개를 잃은 경험 덕분에 지금까지 내가 크게 당하지 않고 살아오지 않았나 싶지만, 사실은 그냥 운이 좋은 탓이 더 클 거다.

절대 사기당하지 않는 방법은 간단하다. 그냥 사람을 안 믿으면 된다. 그러나 그렇게 살 순 없다. 내가 만날 모든 사람을 잠재적 사기꾼으로 생각하면 인생은 그냥 지옥이 된다. 선을 정하는 게 좋다고 생각한다.

대구에서 피시방 아르바이트를 하던 시절의 일이다. 같이 바닥 타일 기술을 배웠던 형에게 전화가 왔다. 2만 원만 빌려주면 안 되느냐는 부탁에 나는 우리 집 저금통에서 가져가라고 말하고 계속 일을 했다. 그 형은 저금통에 있던 30만 원을 다 가져가버렸다. 내 한 달 생활비와 비상금까지 모조리 가져간 거다. 사람을 믿은 바람에 사람과 돈 모두를 잃은 사건이다.

반면 이런 사건도 있다. '디아블로 2'라는 게임을 하던 시절의 일이다. 당시 나는 갖고 싶은 무기가 있어서 그걸 판다는 사람과 접촉했다. 그가 창고를 뒤적거리더니 다른 계정에 있는 것 같다며 다시 접속할 테니까 먼저 대금을 내주면 안 되느냐는 게 아닌가. 이 계정에 대금을 넣어두고 싶다며 말이다. 정말 누가 봐도 뻔한 수법이었으나 나는 채팅창에 "얼마든지요^^"라고 답하고 선뜻 대금을 건넸다. 그는 곧 돌아오겠다며 접속을 끊었고, 난 마을에서 하염없이 기다렸다. 5분이 넘도록 그가 돌아오지 않았지만, 가만히 기다렸다. 원래라면 이대로 영영 돌아오지 않는 게 정상인데, 그는 왔다. 정말 궁금하다는 듯이 내게 물었다.

"근데 어떻게 저를 믿고 먼저 주세요?"

그 당시 흥행하던 영화 〈공공의 적〉에 나오는 악역의 명대사가 "사람이 사람 죽이는 데 이유가 있나?"였다. 난 그 느낌을 살려서 말했다.

"사람이 사람 믿는 데 이유가 있나요?"

그 말이 그에게 영향을 끼쳤는지, "잠시만요"라는 말과 함께 창고를 뒤적거리기 시작했다. 그는 내게 팔 물건을 갖고 있지도 않았던 거다. 대신에 그는 좋은 아이템들을 여럿 주었다. 다 더하면 내가 크게 이득을 본 거래였다.

사람을 믿어서 상처받은 기억과 보상받은 기억이 혼재한다. 누구나 그렇다. 보상이란 흔히 눈에 보이지가 않고 상처보다는 힘이 약해서 인지하기 어려울 뿐, 둘 중 하나만 있는 삶은 없다. 타인을 믿음으로써 내가 얻는 보상은 절대 적지 않다. 상처도 작지 않은 게 문제일 뿐이지. 그래서 난 선을 만드는 게 좋다고 보는 거다. 믿을 사람과 안 믿을 사람을 구분 지어놓으라는 게 아니라, 사건 자체의 선을 말한다. 뒤통수를 맞더라도 타격이 작은 사소한 일에는 무조건적인 믿음을 보내고, 타격이 큰 일에는 무조건적인 경계를 취하는 거다. 20년 지기의 큰 제안은 의심하고, 일주일 전에 만난 동료의 작은 제안은 믿어주는 식이다. 믿을 사람이 따로 있는 게 아니다. 믿어도 될 사건이 따로 있을 뿐이다. 사건의 경중에 집중하는 게 현명한 삶의 방식이다.

이런 태도로 살면 크게 당할 일은 없고 삶은 이제 그 선을 조절하는 게임이 된다. 사소한 사건에만 무조건적인 믿음을 가지다가, 덜 사소한 일에도 무조건적인 믿음을 가져보고, 비교적 중요한 일에까지 선을 올려서 믿음이 주는 충만함을 즐겨보다가 아니다 싶으면 다시 내리고. 내 선을 잘 조절할 수만 있다면 꽤 만족스러운 인간관계를 누릴 수 있다. 믿음은 절대적일 때 가장 큰 보상을 주니까.

멀미

난 멀미가 심하다. 〈세상에 이런 일이!〉에 나올 정도는 아니지만, 〈세상에 이렇구나〉 정도엔 나올 법하다. 어느 정도냐면, 미용실 의자에 앉아 눈을 감고 있어도 멀미가 난다. 미용실 원장님이 의자 위치라도 조정하면 아찔하다.

공장 노동자이던 시절, 회식으로 곱창 맛집을 가자고 한 날이었다. 난 멀미 때문에 지하철로 합류하겠다고 했지만, 10분도 안 걸리는 거리니까 그냥 차를 타고 가자는 거다. 고민하다가 '에라' 하는 심정으로 차에 올라탔는데, 10분 뒤 좀비 한 명이 차에서 내렸다. 그날 정말 신기한 경험도 했는데, 모든 곱창 맛이 지우개 씹는 맛이었다. 태어나 거

의 처음 먹어본 곱창이었기에 한동안 원래 곱창은 지우개 맛이 나는 음식인 줄 알았다.

또 우리 공장에서 전설로 내려오는 내 일화 하나가 더 있다. 퇴근길의 건널목에서 다 같이 횡단보도 신호를 기다릴 때 누군가 택시를 붙잡아 세웠다. 그 택시 문을 열어둔 손님이 잠깐 가방을 뒤적거리던 그 짧은 시간 동안 나는 멀미를 하며 호소했다.

“택시 문 열리는 것만 봐도 멀미가 나요. 멀미 냄새가 나서.”

도대체 멀미 냄새가 뭐냐고 묻는데, 설명할 방법이 없다. 머리를 어지럽게 하고 속을 메슥거리게 하는 그 특유의 냄새가 있다. 멀미 좀 한다 하는 사람들은 무슨 소리인지 알 거다. 코가 아니라 관자놀이로 맡는 듯한 그 냄새 말이다.

주변에선 걱정을 많이 해주었다. 폐소공포증 아니야? 엘리베이터를 멀쩡히 타는 걸로 봐선 아닌 듯했다. 트라우마 있어? 당연히 없었다. 그러니까 이건 그냥 체질이지 그런 정신적인 문제가 아니라며 억울해하기도 했다. 다른 한편으론, 나보다 멀미 심한 사람 있으면 나와봐, 이런 쓸데 없는 자부심을 느끼기도 했다. 결국은 이를 극복하고자 온갖 노력을 다했다. 그 유명한 '키미테'부터 시작해 온갖 제형의 약까지 웬만한 건 붙이고 먹고 다 해봤다. 내 첫 해외직구 품목도 멀미약이었다. 끝이 아니다. 평형감각을 잡아준다는 멀미 안경도 껴보았고, 차를 타고 가는 동안 산소통 깔때기에 얼굴을 박고 바깥 공기를 흡입한 적도 있다.

그랬던 내가 작가가 된 이후로 온갖 대중교통을 이용하여 연 300회 이상의 강연을 다니고 있다. 그렇게 많은 교통편에 몸을 싣고도 멀미는 전혀 괜찮아지질 않았다. 어쩔 수 없이 난 평생 멀미를 곁에 두고 살 줄 알았는데, 최근에 정말 많이 극복했다. 웬만한 거리는 멀미약을 먹지 않아도 될 정도다. 이런 기적과 같은 일이 어떻게 일어났을까? 자동차 운전면허를 땄기 때문이다. 그동안 무수히 들어왔던 그 말 '직접 운전하면 멀미 안 한다'는 진리였다.

운전면허 학원에 등록해서 주행하는 동안 단 한 번도 멀미가 오질 않았다. 운전대를 잡고 있으면 마치 게임을 하는 것처럼 재미있기만 했다. 그렇게 차의 메커니즘을 이해하게 된 이후로는 버스나 택시를 탈 때의 멀미도 확 줄었다. 멀미가 올 것 같으면 머릿속 운전대를 떠올리며 내가 지금 이 차를 운전하고 있다고 시뮬레이션하면 됐다.

사실 좀 허탈하기는 했다. 결국 정신적 문제였단 말인가? 그렇다고 말하기엔 솔직히 아쉬웠다. 정말 어떻게 마음먹느냐에 따라 쉬이 사라질 수 있다면, 오랫동안 나를 수식해온 이 '멀미인'이라는 특징은 어찌되는 걸까.

여전히 가벼운 멀미를 겪을 때가 있지만, 그 역시 점점 나아지고 있다. 이러다 언젠가는 멀미와 아주 상관없는 날이 올 것 같다. 그때는 역시 기쁘면서도 약간은 섭섭할 것 같다. 특이할 정도로 멀미가 심하다는 게 사실 30년 넘는 세월 동안 나를 수식해온 정체성 중 하나였으니 말이다. 어디선가 내 얘기가 나오면 "멀미 심한 그 친구"라고 말할 수 있는 일이었으니까. 나도 나이를 먹는 걸까. 나쁜 게 날 떠나는 것도 가끔은 아쉽다.

내향인이라는 세계

MBTI란 어느 정도는 재미로 하는 성격 유형 검사라지만, 나는 그것이 인기를 끈 뒤로 참 편리하다고 느낄 때가 많다. 어딜 가도 내향인이라고 날 설명할 수 있게 되었기 때문이다. 이런 성격을 옛날에는 좋게 말해서 '소심하다'든지, '지질하다'거나 '사회성이 없다'고들 했다. 이제는 그냥 'I'로 다 통용된다. '나댄다'라는 말 대신 'E야'라고 하니 얼마나 좋은가. MBTI가 언어 순화적으로 큰일을 했다. 덕분에 내향인이라고 말하는 데에 부담이 없어졌다. 어디서든 난 내가 극내향인이라고 말하고 다닌다.

가령 예전에는 미용실에서 머리 자르는 게 엄청난 고난

이었다. 첫 번째 고비는 "어떻게 잘라줄까요?"란 질문이다. 원하는 스타일을 말한다는 자체가 얼마나 부끄러운 일인가? 그냥 "단정하게 잘라주세요"라고만 주야장천 말하는 거다. 두 번째 고비도 있다. "이 정도 길이 괜찮으세요?"란 질문이다. 솔직히 말하자면, 길이가 마음에 들든 안 들든 내 대답은 항상 "괜찮아요"다. 좀 더 잘라달라거나 어떻게 해달라는 요구는 정말 쉽지 않음. 그냥 무조건 "괜찮아요"다. 그것도 바로 대답하면 이 사람이 그냥 무조건 괜찮다고 말하는 것처럼 보일까 봐 거울로 잠깐 관찰하는 척 시간차를 둔 뒤에 말한다. 내향인은 다들 공감할 거다. 이미 대답은 정해졌지만, 바로 하면 성의 없어 보일까 봐 약간의 간격을 주는 이거. 내향인의 생존 기술이다. 마지막 미용실에서 겪는 고비는 "끝나고 어디 가세요?"라며 제품을 발라주는 일이다. 솔직히 말하면 매번 그냥 집에 가기 때문에 안 발라주면 좋겠지만, 이상하게 그 말을 못 해서 때마다 제품을 바르고 집에 가서 머리를 감았다.

식당에서도 "이거 좀 더 주세요" 말하는 게 너무 힘들다. 늘 고민하지만, 그냥 먹고 싶은 걸 참는 게 더 쉬워서 그쪽을 선택하게 된다. 회식이나 식사 약속으로 식당에 먼저 도착하게 됐을 때 "안에 들어가서 기다리고 있어"란 말이 내향인에게는 정말 엄청난 미션인 걸 알까? 무조건 가게 밖에서 일행이 도착할 때까지 기다리는 편이 마음이 편했다.

버스 탈 때도 기사님께 "안녕하세요"라고 인사하는 게 무척 힘들었다. 예의가 없는 게 아니라 부끄러워서 못 하는 사람이 많을 거다. 그래도 타면서 "안녕하세요"는 연습하다 보면 가능하지만, 내리면서 "감사합니다!"는 정말 어렵다. 내리는 문과 기사님 사이의 거리가 너무 멀지 않은가! 크게 소리쳐야 들릴 거라는 점, 남들은 아무도 인사 안 하는데 괜히 혼자 인사하기가 좀 그런… 이건 난도가 너무 높은 일이다. 그래서 난 내리는 문과 타는 문이 같은 구조인 시외버스를 좋아한다. 감사합니다, 말하기가 쉬워서. 지하철에서 어르신께 자리를 양보할 때도 부끄러워서, 내리는 척 일어나 그대로 옆 칸으로 이동한다. 아니면 문 앞에 서서 괜히 노선 표를 보면서 '아, 여기가 내릴 곳이 아닌가?' 하는 연기를 한다거나.

이 정도로 내향적인 나인데, 요즘 나를 외향인으로 보는 사람이 많다. 특히 강연을 다니다 보면 그렇다. 아마 내가 떨지 않고 강연하는 모습에서 적극적인 기운이 느껴지나

보다. 사실 강연을 다니며 좀 외향성이 강해지긴 했다. 강연자랍시고 앞에 서서 소심하게만 있으면 얼마나 민폐인가? 사람들 앞에 선 이상 역할을 다해야 한다는 책임감으로 항상 밝게 말하려고 하는 편이다. 그러다 보니 이런 질문을 받는다.

"정말 소심하셨다고요? 저도 소심한 게 고민인데, 작가님처럼 성격을 고치려면 어떻게 해야 하나요?"

바로 대답하기 힘든 질문이다. 극복한 게 아니라, 사회인으로서 맡은 바 일을 완수하는 중일 뿐이라서다. 그래도 하나 정도는 말해줄 수 있다. '사람의 눈을 보고 얘기하기'다. 이게 가능한 이전과 이후의 차이가 정말 극단적으로 컸다. 옛날에는 사람의 눈을 보고 대화하질 못했다. 강연을 다닐 때도 바로 앞 땅만 보고 얘기했다. 그러다 어느 날 깨달았다. '나를 보려고 찾아온 분들을 내가 무서워하는 게 맞을까?' 결국 용기 내어 그분들의 눈을 쳐다보기 시작했는데, 마치 그 눈빛들이 '뭘 해도 다 괜찮아'라고 말하는 듯했다. 내 소설을 읽고 찾아와주신 분들은 기본적으로 나에 대한 호감이 가득했고, 덕분에 나는 점점 편한 마음으로 사람들의 눈을 보고 얘기할 수 있게 되었다. 사람의 눈을 똑

바로 보고 말하면 자신감이 생긴다. 스스로 숨길 게 없이 정직하다는 생각이 들면서 당당해지는 느낌이라고 해야 할까. 그래서 난 소심한 성격을 극복하는 첫걸음으로 사람의 눈을 보고 얘기하는 버릇을 추천한다.

하지만 중요한 건 내가 내향적인 성격을 전혀 극복하지 못했다는 거다. 난 식당 후기를 검색할 때도 '맛'이란 키워드보다 '혼밥'이란 키워드를 먼저 검색한다. 맛보다는 누군가가 그 식당에서 혼자 밥을 먹은 적이 한 번이라도 있었는지가 더 중요하다. 뭘 살 때 잘 알아보고 찾아갔음에도 직원이 추천해주는 물건이 있으면 그걸 고른다. 그러면서 '현장 직원이 좀 더 잘 알겠지' 하고 자기 설득과 합리화를 한다. 줏대 없는 게 아니라고 스스로에게 증명하듯이 말이다. 주변에서는 이런 모습을 답답해하지만, 과연 이런 면들이 '극복'이란 단어를 써야 할 만큼 문제일까?

소심한 사람은 누구에게도 피해를 주지 않는다. 유일하게 피해를 주는 것이 자기 자신인데, 그걸 극복하려고 애쓰는 스트레스가 더 큰 피해일 때가 많다. 결국 그들은 그 무엇보다 현명한 결정을 내리고 있는 거다. '소심해서 보는 피해'와 '억지로 본성을 거스르는 행위의 스트레스'를 저울질해 나은 쪽을 선택하는 거다. 그 현명한 결정을 너무 답답해하지 않으면 좋겠다. 저울의 무게 추는 나이를 먹을수록, 경험이 쌓일수록 점점 반대쪽으로 기울어지며 균형을 잡아간다. 내가 「내향적인 홍이」 같은 단편을 쓰게 된 것도 이런 맥락에서다. 소설에서 홍이는 마법 쿠폰을 모은다. 그 사실을 아는 동료들이 걱정해준답시고 사실은 비웃으며 조언을 해주지만 결국 홍이의 삶에 전혀 도움이 되지 않고 소설은 조금 슬프게 끝난다. 소심한 사람의 세상은 밖에서 억지로 고치려 들다가 망가질 수도 있으니, 답답할지라도 그냥 좀 존중해줬으면 한다.

이해하기와 정신건강

이렇게 말하면 누군가는 맥 빠지겠지만 귀신은 없다. 난 관상, 사주, 손금, 별자리, 점성술 뭐든 안 믿는다. 내 머리로 이해가 가질 않기 때문이다. 믿지 않는데도 그런 소재로 소설을 신나게 써댄 것이 조금 민망하긴 해도, 아닌 건 아니다. 이렇게 극단적인 현실주의자라면 똑 부러지게 살아야 하는데, 내가 과하게 흔들리는 지점이 있다. "생물학적으로", "근본적으로", "본능적으로" 따위의 수식을 붙인 그럴듯한 논리들이다. 갑자기 어떤 음식이 생각나서 너무 먹고 싶은 날이 있는데, 그건 사실 내 몸에 그 음식에 담긴 영양소가 필요하므로 본능적으로 당기는 거다. 이 논리는 지금도 철석같이 믿고 있다. 어느 날 갑자기 귤이 절실하게 먹고 싶어지면 '아, 내 몸에 비타민 C가 부족하구나'란 생각이 먼저 든다.

"똑바로 앉은 자세가 불편하지만 건강에는 좋은 이유가 뭔지 알아? 인간의 기원을 거슬러 가면 그 자세가 가장 생존에 유리한 자세이기 때문이야. 맹수가 언제 습격할지 모르니까 언제든 튀어 나갈 수 있도록 긴장감을 유지하는 자세인 거지."

사실 확인이 안 된 이런 생각에 크게 혹한다. 내가 글을 쓰다가 막히면 일어나서 걷기 시작하는데, 그것도 어쩌면 같은 맥락일 수 있다. 과거에는 거대한 맹수를 피하기 위해 도망칠 때 최적의 경로를 찾으려고 뇌 기능이 극대화됐을 테니 지금도 가만히 있는 것보다 움직일 때 뇌 기능이 더 활성화되지 않을까?

식사 때 어른이 먼저 수저를 들기 전에는 먹지 못하게 했던 관습이 내려온 것도 어쩌면, 음식이 쉰 걸 어른이 더 쉽게 알아채고 바로 뱉을 수 있기 때문이 아닐까? 어린아이는 맛이 좀 이상하더라도 그대로 삼켜버릴 수 있으니까, 어른이 먼저 확인하기 위해서 말이다. 또 다리 떨면 복 나간다는 말이 있는 건, 과거 특정 질환이 있는 사람들이 자기도 모르게 몸을 자주 떨었기에 그런 모습을 본 이들의 무의식이 발현하면서 서서히 만들어진 말이 아닐까? 문지방을 밟으면 조상님을 밟는 거라는 말도, 걸려 넘어질 수 있는 곳을 지날 때 급하게 다니지 말고 아래를 한 번 확인하는 습관을 들이도록 하기 위한 지혜 아니었을까?

이렇게 그럴듯한 논리를 상상하는 걸 좋아하는데, 그런 생각이 이어져서 소재 발상에 도움이 되기도 한다. 달리 생각하면 이런 습성은 일종의 강박인 듯도 하다. 납득할 수 없는 무언가를 마주쳤을 때, 그것을 이해하기 위한 그럴듯한 논리를 생각해보지 않고는 못 견디는 일 말이다.

살다 보면 정말 이해할 수 없는 순간을 자주 마주하게 된다. 이건 왜 이러지? 저 사람은 왜 그러지? 이 바다이 원래 그렇다는 건 왜 원래 그런 거지? 그런 것들을 마주할 때마다 답답하다. 그게 정상이다. 인간의 기원을 거슬러 올라가면, 처음 보는 미지의 것에 공포를 느껴야 생존에 유리했을 테니까. 이해할 수 없는 상황이나 대상을 불편해하는 건 본능이다. 그래서 불편하지 않기 위한 이유를 마음대로 생각해보았다.

왜 식당에 가면 항상 막내가 수저를 놓아야 할까? 나이가 어릴수록 여러 세균에 오염될 확률이 낮아서 그럴 수도 있다.

왜 회식이 근무의 연장이라는 걸까? 회식 문화가 있어야 자영업자들이 돈을 벌게 되고 그래야 경제가 활성화돼 우리 회사 제품도 소비하니까, 회식은 일종의 소비자 확보를 위한 투자다.

술 마실 때 고개를 돌리고 마시는 게 왜 예의일까? 술이 처음인 사람들이 콜록콜록 기침해댈 수 있으니 예방 차원이 예의로 발전한 거다.

도서관의 성교육 도서들이 성범죄를 유발한다며 도서관을 고소하겠다는 둥 일부 단체가 민원 테러를 감행하는 이유는 뭘까? 아마 그들도 이게 말이 안 된다는 걸 알지만서도, 내부 결속용으로 적을 상정했을 거다. 무언가를 하고 있다는 도취감만큼 조직을 단단하게 만드는 게 또 없으니까. 게다가 공무원은 때리는 그대로 맞기만 하니, 얼마나 만만한가?

가진 게 많은 유명인의 음주 운전이 정말 이해가 가지 않았다. 대리비 몇만 원 아끼려고 그런 도박을 한다고? '몇만 원 아끼기 대 인생 망하기' 중 하나를 고르는 것이 진지하게 도박으로서 기능이나 하는가? 그렇게 어리석을 리가 없으리란 의문이 늘 있었는데, 그게 단순히 돈의 문제가 아니라 사생활 노출의 문제일 수 있겠다는 생각이 들었다. 어디서 술을 마시고 누구를 만나고 하는 소문에 민감한 직업군 아닌가. 물론 그렇다 해도 너무 어리석은 짓이다.

사실 사람을 대상으로 한 '이해가 안 된다'라는 말 자체가 비난의 표현이다. 정말 이해가 안 되어서라기보다는 '왜 저럴까'란 의도가 숨어 있다. 어리석거나, 추잡하거나, 경멸스럽거나, 너무 싫을 때 이해가 안 된다고 말한다. 그때 이해가 안 가는 채로 그냥 넘어가버리면 영영 불편한 걸로 끝이다. 그때 어떻게든 이유를 찾아서 이해해버리면 편해진다. 화가 풀리고, 아량이 생기기도 하고, 별것 아니었단 생각에 두려움이 걷히기도, 그냥 피하면 된다는 빠른 판단이 서기도, 혹은 받아들일 수 있게 되기도 한다. 그래서 가능하다면 난 뭐든지 이해하려고 하는 편이다. 어쩌면 내가 평소에 화가 없는 게 그런 이유일 수도 있겠다. 나에게 어떤 나쁜 짓을 저지른 사람을 만나더라도 왜 그랬는지 이해해버리면 그냥 넘어가진다. 그냥 뻔한 사람이구나 하고 말이다. 그 이해가 설령, 사실 확인이 되지 않은 혼자만의 이상한 논리일 지라도 효과는 같다. 내 정신건강에는 그게 낫다는 말이다. 최근 이해가 안 된다는 말을 몇 번이나 혼자 할 정도의 힘든 일이 있었다. 이젠 그 사건도 이해한다. 사실은 이해해야 한다. 그래야 넘어갈 수 있으니까.

쉬운 사람

'밤이면 밤마다 불쌍해지는 핫도그가 있다. '통모짜핫도그'다. 잠을 통 못 자서….'

'높은 곳에서 잠을 자는 물고기는 도미다. 도미노피자! 도미 높이 자….'

'친일파가 가장 좋아하는 의자는 안마의자다. 안마의자의 용도가 근육 이완용이니까….'

웬 헛소리인가 싶겠지만, 기습적으로 이런 개그를 칠 수 있는 게 강연을 다니는 작가의 특권이다. 유머에 대한 취향을 말하자면 난 '아재 개그'가 좋다. 종종 써보면 의외로 어릴수록 아재 개그에 너그러웠다. 실제 어른들은 냉정하기 그지없다. 그래서 난 주로 학생들을 상대로 아재 개그를 한다. 보통 강연을 시작하자마자 이런 아재 개그를 하는 편이다.

학교 강연에서 처음 학생들을 만나면 약간 날 어려워하는 게 느껴진다. 아무래도 작가란 직업이 가진 이미지가 있을 테고, 내 인상이 무표정일 때 그리 좋지 않은 탓도, 또 내가 쓰는 글의 분위기가 무서운 탓도 있을 거다. 그래서 난 내가 진짜 어떤 사람인지 보여주고 싶어서 아재 개그로 시작한다. 쉽게 보이도록 말이다. 그래야 내게 다가오기도 쉽지 않겠는가.

특히 이 깨달음을 인터넷 연재 당시에 크게 느꼈다. 난 남들이 지적하기가 쉬운 사람이었다. 게시판에서 활동할 때 단 한 번도 까칠하게 대응한 적이 없다. 원색적인 비난에도 그랬다. 난 하고 싶은 말은 무엇이든 해도 되는 쉬운 사람이었던 거다. 그것이 내가 작가가 되는 데에 큰 역할을 했다. 어떤 조언이든 일일이 성심성의껏 반응해주니, 아주 사소한 부분까지도 알려주려고 눈에 불을 켜고 봐주셨다. 덕분에 국어의 기본 문법도 잘 몰랐던 내가 이 정도나마 소설을 쓸 수 있게 됐다. 난 쉬운 사람이었기 때문에 작가가 됐다고 해도 아주 틀린 말은 아니다.

강연에서도 그렇다. 내가 쉬운 사람이란 걸 알려주면 그 때부터 강연장 분위기가 달라진다. 웃음소리를 내도 괜찮은 공간이 되는 거다. 질문도 많다. 내가 어려운 사람이었다면 괜히 묻지 못했을 궁금함도 쉽게 물어본다. 강연자로서 바라 마지않는 이상적인 분위기다. 이런 분위기에서는 말하는 사람도 듣는 사람도 즐겁고, 매번 다른 상황이 펼쳐져 강연 매너리즘에 빠지는 걸 막아주기도 한다. 강연장에서 쉬운 사람이 되는 것은 정말 큰 이득이 있다.

그 외 게임 할 때나 일을 할 때 등 다른 모든 상황에서 난 쉬운 사람의 이득을 많이 보고 있다. 요즘 같은 연결의 시대에 소통하기 편인한 사람이라고 인식되는 건 정말 큰 경쟁력이다. 한 가지 치명적인 단점만 빼면.

쉬우면, 만만하게 이용하려는 사람들이 분명히 존재한다. 쉽게 친근해져도 된다는 말이지, 쉽게 막 대해도 된다는 뜻은 아닌데 말이다. 어쩔 수 없이 현실이 그러하니 쉽더라도 만만해서는 안 된다. 단호해져야 할 땐 단호해져야 한다.

나도 종종 의외로 냉정하단 이야기를 듣는 편이지만 단

호해지기는 좀 어렵다. 서른이 넘어서야 겨우 단호함을 장착할 수 있었지, 그전에는 많이 당하고 살았다. 좀 더 솔직히 말하면, 지금도 알면서 그냥 두는 경우가 종종 있다. 사소하다 생각하면 별것 아닌 것들일 때다. 마치 대형 마켓이 미끼 상품을 손해 보면서 팔듯이 나도 더 큰 이득을 위해 그냥 모른 척한다.

대신 정말로 단호해야 할 순간에는 칼 같은 편이다. 그때 두 가지가 필요하다는 걸 배웠다. 부드러움과 당당함이다. 웃으며 짧게 "아니요"라 할 수 있는 부드러움과 '내가 상대에게 미안해야 할 이유가 전혀 없다'라는 당당함이다. 어릴 때는 솔직히 바보처럼 '당신을 위해 내가 손해 보지 않은 게 미안해요'란 자세가 있었다. 상대의 이익을 놓치게 만드는 걸 왜 미안해했을까? 상대가 이익을 놓치게 될지라도 그게 내 잘못은 아닌데. 내가 손해 보면서 상대의 이익을 챙겨줄 필요가 없는데 말이다. 잘 생각해보면 이건 나도 알고 상대도 아는 간단한 논리다. 가끔 상대가 감정적으로 서운함과 원망을 드러낼 수 있는데, 그래서 부드러움이 필요하다. 간결하되 부드러워야 한다. 상대가 어떻게 나와도 간결한 어조로 간결한 거절을 하면 된다. 요즘 '기가 세 보이는 사람과 진짜 기가 센 사람'의 비교 밈이 딱 그런 맥락이다. 기가 세 보이는 사람은 무서운 얼굴로 정색하며 온갖 이유를 설명하지만, 진짜 기가 센 사람은 생글생글 웃으며 "싫어서요" 한 마디로 끝내버린다. 옛날에는 '부드러움이 강함을 이긴다'라는 말이 심오하고 실현하기 어려운 비결을 말하는 줄 알았는데, 요즘은 그게 단순히 부드러움이 그냥 더 세서 이기는구나 하고 느낀다. 진짜 센 사람이 되려면 부드러우면서 단호한 사람을 목표로 하면 될 것이다. 이렇게 말하니 내가 꽤나 이 분야(?)에서 고수 같지만 사실 내 단호함은 1단계 수준이다. 이거나마 장착한 게 어딘가 싶긴 하지만, 진짜 센 사람이 되기까지는 갈 길이 멀다. 아직은 그냥 조금만 단호하고 쉬운 사람인 것 같다.

힐링법

내가 한창 온라인 게임을 하던 시절에 가장 부러웠던 기술이 '힐링'이다. 전투로 떨어진 체력을 주문 한 번으로 회복할 수 있다니! 체력 회복 수단이 없던 나로서는 부러울 수밖에 없었다. 현실에서도 그랬다. 지치고 힘들 때 힐링하는 나만의 방법을 가진 사람들이 부러웠다. 『어린 왕자』를 읽는 사람, 최고 볼륨으로 헤비메탈을 듣는 사람, 나만을 위해 정갈하게 준비한 식사를 하는 사람 등등. 나만의 힐링법이 있는 사람들은 엄청난 기술을 가진 사람들인 거다. 난 그게 없었다. '우울할 때 이걸 해야지'란 공식란이 내내 빈칸이었다. 30년을 훌쩍 넘겨 살도록 내게는 힐링법이 없다고 생각했는데, 얼마 전에 드디어 찾았다. 내 힐링법은 옛날 시트콤을 돌려 보는 것이었다.

너무 고통스럽고 힘들어 아무 생각도 하고 싶지 않을 때, 나는 본능적으로 〈웬만해선 그들을 막을 수 없다〉를 다시 보기 시작했다. 집중하지 않고 때론 귀로만 듣더라도 그걸 내내 틀어놓는 게 중요했다. 혼자 있는 조용한 방 안이 그 캐릭터들의 목소리로 채워지면 마음이 편해졌다. 며칠이 지나 조금 나아졌을 때, 그것이 내 힐링법이었다는 걸 깨달았다. 이유도 짐작이 갔다. 당시 〈순풍산부인과〉, 〈웬만해선 그들을 막을 수 없다〉, 〈똑바로 살아라〉는 월요일부터 금요일까지 매일 하는 시트콤이었는데, 그게 방영하는 시간이 밤 9시쯤이었다. 9시만 되면 엄마랑 누나랑 나랑 티브이 앞에 앉아서 그 프로그램을 같이 봤다. 드라마나 음악 프로그램, 애니메이션 등으로 취향이 갈렸던 가족이 유일하게 공통으로 같이 봤던 게 일일 시트콤이었던 거다. 같이 한바탕 웃고 하루를 마무리하는 게 일종의 루틴이었는데, 그게 무의식에 각인되어버린 듯하다. 시트콤을 보면 웃을 수 있다고.

그 세 프로의 공통점은 '가족 시트콤'이란 점이다. 그 가족들의 황당하고 웃긴 일상을 함께하다 보면 어느새 그들이 진짜 우리 가족처럼 느껴진다. 어릴 적 우리 집은 외가, 친가란 개념이 없는 3인 가족이었지만, 그 시트콤 주인공들을 포함하면 대가족이었다. 이래서 난 드라마보다 시트콤을 좋아한다. 드라마 속 인물들은 나와 완전 다른 세상의 사람들이지만 시트콤은 내 곁의 인물들처럼 느껴진다. 몇 번이고 보았던 〈프렌즈〉, 〈빅뱅 이론〉의 주인공들도 진짜 내 친구들 같다. 말하자면, 시트콤 시청이 내게는 오랜 가족과 친구를 만나는 일인 거다. 그러니 힐링이 될 수밖에.

그동안 남들만 힐링법이 있다고 부러워했지만, 막상 내 힐링법을 찾은 게 마냥 기쁘지는 않다. 왜 그동안 내게 힐링법이 없었는지 깨달았기 때문이다. 살면서 견디지 못할 만큼 고통스러운 일이 별로 없어서다. 힐링할 필요가 없는데 그걸 극복할 방법이 필요하겠는가. 남들을 부러워할 일이 아니라 남들이 날 부러워할 일이었다. 올해 가까운 이의 죽음을 겪은 뒤 정말 많이 울었다. 울음만으로 해결이 되면 얼마나 좋을까마는, 괜찮아지는 게 불가능한 일이란 것도 있는 법이다. 살기 위해 나는 나도 몰랐던 내 힐링법을 본능적으로 찾은 거다. 아마 힐링법을 가진 다른 사람들도 다 그렇지 않을까? 가만히 있으면 미칠 것 같고, 생각이 끊어지질 않아서 살려고 자신만의 힐링법을 찾은 게 아닐까? 아마 분명 그럴 거다. 사람이라면 모두 인생에 고통 하나씩은 가지고 살아갈 테니 말이다. 남들도 다 그렇다며 위안하는 이 글도 어쩌면 나만의 힐링법일지도 모르겠다.

한때 나는 힐링법을 가진 사람들이 부러웠지만, 이젠 아니다. 다들 힐링법이 필요 없는 사람이 되었으면 좋겠다.

F·R·I·E·N·D·S

the BIG BANG THEORY
산부인과

손절의 시대

'손절'의 시대다. 주식 시장에서 손해를 보더라도 파는 게 이득일 때 쓰이던 용어인 손절은 이제 인간관계에서 더 많이 쓰이는 듯하다. 지금의 개인은 타인을 참아주지 않는다. 참아주면 '호구'라 불린다. 모든 해결책은 손절로 귀결한다. 인간관계에서 상처 입은 사람들은 전문가보다 인터넷 집단 지성의 힘을 빌리고자 하고, 그들의 해결책은 대체로 손절이다. 친구가 여행에서 너무 무계획일 때? 손절해라. 애인이 프랑스 수도를 모를 때? 헤어져라. 배우자가 친구들과 클럽에 갔다 왔을 때? 이혼해라. 부모님이 뺨을 때렸을 때? 빨리 독립해서 연 끊어라.

빠른 손절은 몹시 합리적이고 경제적이다. 하지만 과연 정말 그 모든 상황의 답이 손절일까? 아니라고 본다. 그들이 손절하지 않는다고 하여 호구가 아니고, 자기 인생 자기가 꼬는 게 아니고, 끼리끼리가 아닐 수 있다. 정말 손절이 정답인 상황도 있겠지만, 어떤 상황에선 더 나은 정답이 있을 수도 있다. 그럼에도 점점 세상 모든 인간관계의 정답이 손절로 귀결하고 있다. 어쩌면 이런 분위기가 이 사회에 불필요한 이별을 생산하고 있는지도 모른다. 손절은 만병통치약이 아니다.

내가 좋아하는 시트콤 〈빅뱅 이론〉의 캐릭터 셸던 쿠퍼는 정말 한 백만 번쯤 손절당할 만한 캐릭터다. 무례하고, 자기중심적이고, 타인의 감정을 모르고, 징징거리고, 눈치 없고, 정말 최고로 사회성이 없다. 시트콤이니까 웃으면서 보지, 내 주변 사람이 저랬다면 과연 참을 수 있을까 싶은 일화가 너무나도 많다. 하지만 극 속에서 셸던의 친구들은 끝내 그를 손절하지 않고 친구로 남는다. 가끔 크게 싸워 잠시 교류를 중단하더라도 결국에는 함께한다. 그들은 왜 셸던을 참아주었을까? 단지 시트콤이라서 인위적으로? 아니다. 셸던이 시청자가 가장 사랑하는 캐릭터라는 사실만 봐도 알 수 있다. 무수히 많은 단점이 있지만, 곁에 두고 싶은 장점도 대단히 많은 캐릭터가 셸던이다. 순수한 면이나, 친구를 위할 줄 아는 모습이나, 우스꽝스러운 면모, 높은 자존감과 자신감, 엄청난 자아를 가졌지만 끝내는 자신의 잘못된 부분을 인정하고 고쳐나가는 점, 귀여움, 일관성, 비주류 문화를 진심으로 좋아하는 모습 등 정말 사랑스러운 캐릭터다. 내게 만약 셸던 같은 친구가 있었다면 어땠을까 상상해보았다. 함께하며 자주 상처를 받고 골치 아파지겠지만, 그만큼 즐겁고 행복한 시간도 많았을 거다. 언젠간 선을 넘어 절교했다가도 결국엔 다시 서로를 찾지 않을까? 극 중 셸던의 친구들이 그랬던 것처럼 말이다.

사람은 입체적이다. 좋은 점이 있으면 나쁜 점이 있고, 그것들이 내 삶에 주는 영향을 정확히 저울질하긴 힘들다. 그러니까 손절이 쉬워선 안 된다. 신중하게 고민해야 하고, 되돌릴 여지를 두어야 한다. 한 번뿐인 인생에서 손절이 빠를수록 이득일 수도 있겠지만, 오히려 인생은 한 번뿐이기에 결정이 빨라선 안 된다. 새로운 사람과 다시 무언가를 쌓아 올리기엔 한 번뿐인 우리 삶에 시간이 부족하다. 3년근 인삼이 3만 원이라고 10년근 인삼이 10만 원인

게 아닌 것처럼, 관계는 오래될수록 배로 귀해진다. 십년지기인 학창 시절 친구가 새로 사귄 직장 동료보다 도움이 안 될지라도 이미 오랜 시간을 함께한 이유만으로 그 인연은 귀하다. 사람이 늙어서 과거를 파먹고 살 때, 그때 그 시절의 나를 떠올리게 해줄 수 있는 존재가 귀하다. 반짝반짝 빛나던 시절의 나를 떠올리게 해줄 수 있는 모든 인연은 다 내 재산인 거다. 그때가 되면 조금 아쉬울 수 있다. 지금 이렇게 그리운 친구를 왜 그렇게 빨리 손절했을까, 하고.

좋은 점과 싫은 점을 저울질하고, 시간과 추억을 저울질하며 고심 끝에 해야 하는 게 인간관계 손절이다. 최소한 누군가의 조언 한마디로 가볍게 결정할 일은 아니다.

그렇지만 누군가에 불과한 내가 조언 하나 하자면, 반드시 손절해야 할 인연이 있긴 하다. 셸던이 친구들에게 끝내 손절당하지 않은 결정적인 이유는, 그래도 셸던이 친구들을 친구로 여겼기 때문이다. 말로 표현하지 않아도 친구들이 느낄 수밖에 없는 그 마음이 셸던이 손절당하지 않은 가장 중요한 이유다. 나를 친구로 생각하지 않는 친구를 내가 참아줄 이유는 없다. 나를 애인으로 생각하지 않는 애인을, 가족으로 생각하지 않는 가족을 참아줄 필요는 정말 없다. 상대에게 내가 어떤 관계가 아니라 어떤 '수단', '용도'라는 걸 깨닫게 된다면, 그때는 손절해야 한다. 예를 들어 실제로 이런 사람이 있다.

"네가 그때 돈 빌려줬으면 지금 코인 올라서 내가 얼마나 벌었을지 아냐? 어차피 너 그 돈 나 안 빌려줘도 저축만 해뒀을 거잖아. 너 때문에 진짜 인생에 다시없을 기회를 날렸다."

이런 말도 안 되는 사람이 진짜 현실에 존재한다. 여기서 만약 진짜 친구였다면 사실상 '네 돈으로 내가 도박하자'가 아니라 "너 여기에 투자해라. 무조건 돈 번다"라고 말해줬을 거다. 사실 후자도 도박을 부추기는 손절해야 할 만한 위험한 친구지만, 최소한 나를 수단이 아닌 친구로 생각하기 때문에 참아줄 여지가 있는 거다. 만약 상대에게 내가 단지 수단이나 용도에 불과하다는 것을 깨닫게 되면 도망가는 게 상책이다. 그런 관계에서는 어떤 반짝거림도 없을 것이다. 그렇지 않고 만약 작은 여지라도 줄 수 있는 관계라면, 적어도 서로가 생각하는 관계가 일치한다면, 남들의 말이 아닌 내가 스스로 신중히 결정해야 한다. 그게 이 '대손절의 시대'에 휩쓸리지 않는 길이라고 본다.

내가 좋아하는 것들

에세이를 쓰기로 마음먹고서부터, 별의별 생각을 다 기록하는 습관이 생겼다. 그 간단한 기록들이 평소 키보드 앞에 앉기까지 시간이 걸리는 내게 큰 도움을 주었다. 그렇게 쌓인 메모 중에는 '내가 좋아하는 것들'이란 주제도 있었다.

몇 가지를 적다가 놀랍게도 내 인생에서 이런 행위를 해본 적이 한 번도 없다는 걸 깨달았다. 난 내가 뭘 좋아하는지 골똘히 생각해본 적이 있었나? 없다. 내가 어떤 사람인지를 생각해볼 일은 더, 더, 더 없다. 살면서 그런 때가 한 순간도 없었다는 게 조금 충격이었다. 내 인생에서 제일 중요한 게 나인데 나에 대해서 골몰해본 적이 없다니. 나만 그런 건지 원래 다 그런 건지 모르겠는데, 이제라도 해보기로 했다.

난 검은색을 좋아하는 것 같다. 그림자, 그늘, 김, 검은 머리카락, 검은콩, 판다의 눈, 밤, 꺼진 모니터. 싫은 게 없다.

난 오래된 것을 무척 좋아한다. 노포, 소꿉친구, 옛 노래, 긴 무명 생활을 버틴 이, 할머니의 인터뷰, 고향 영도에서 바뀌지 않은 장소들.

보들보들, 따끈따끈, 번쩍번쩍처럼 반복적인 음절의 조합으로 운율이 느껴지는 단어들과 그것에 어울리는 것들이 좋다. 생각해보니까 정말 그렇다. 말캉말캉한 젤리가 좋고, 매끌매끌한 금속도 좋아하고, 몽글몽글한 순두부가 좋고, 글썽글썽한 눈망울이 좋고, 꾸벅꾸벅하는 애기도 좋고. 앗, 끈적끈적은 싫어하네.

신맛을 좀 좋아한다. 내 이름의 '식' 자가 한자어로 심을 식인데, 목의 기운이 신맛을 나타낸다는 설명을 들었다. 그래서 그런가? 어렸을 때부터 신맛을 좋아했다. 귤을 정말 사랑하고, 키위도 꽤. 냉면에 겨자는 안 치지만 식초는 두 바퀴 돌린다. 건대입구역 근처에서 진짜 맛집인 자양감

자탕을 때로는 유유히 지나, 집 근처의 프랜차이즈 식당에 가는 이유가 '동치미' 때문이다. 내가 서울에서 1등으로 치는 기사 식당인 자양동 송림식당도 동치미가 나와서 사랑한다. 아! 스타시티 3층 푸드코트 정수기에 레몬 조각이 들어가 있었던 시절이 있었는데, 그때 그 레몬 물이 진짜 시원하고 맛있었다.

그리고 아무래도 단백질을 좀 좋아한다. 어느 식당에서든 달걀프라이가 들어간 메뉴가 있으면 무조건 그걸 주문하게 된다. 콩나물국밥에도 잘게 썬 오징어가 들어가야 최고란 생각이 든다. 수많은 국밥 중에 콩나물국밥을 1등으로 쳤던 이유는 또, 내가 뒷맛이 깔끔한 음식을 좋아해서인 듯하다. 충무김밥, 특히 섞박지, 동치미, 칼칼한 생선조림, 호밀빵, 얼음물, 콩나물무침.

곰곰이 생각해보니 도박을 좋아한다. 게임을 할 때도 안정적인 강함보다 확률로 크게 강해지는 걸 좋아했다. 단순히 몸을 사용하는 놀이보다 도박성이 있는 보드게임 같은 걸 더 즐겼다. 예전에 로또를 그렇게 많이 산 이유가 있었던 거다.

신기하게 또 선택 앞에서는 안전을 추구한다. 주식 투자는 무슨, 무조건 적금이다. 도박도 게임에서뿐이다. 그러고 보면 나는 사실 안전, 보장, 이런 걸 좋아한다. 태풍 부는 날에 안전한 집 안에서 창밖을 바라보는 게 좋고, 벙커 같은 완벽하게 안전을 목적으로 한 공간을 많이 좋아한다.

순한 걸 사랑한다. 순한 사람은 그 자체만으로 보호본능을 자극한다. 가끔 학교 강연에서 '얘는 이렇게 순해서 어쩌지?' 걱정되는 학생을 볼 때가 있는데, 그러면 나도 모르게 그 학생의 친구 중 똘똘해 보이는 이에게 부탁한다. "이 친구 사기 안 당하게 옆에서 좀 잘 봐줘요"라고. 고양이보다 강아지를 더 좋아하는 것도 강아지가 순해 보여서다. 어쩜 그렇게 순해서 사랑스러운지 모르겠다. 싸울 줄 모르는 순한 이들에게 이입이 많이 되어서 자꾸 응원하게 된다.

의외로 거미를 꽤 좋아하는 듯? 거미를 일부러 죽인 적이 없다. 심지어 내 집에 거미줄을 쳐도 말이다. 어릴 때 거미는 익충이라는 말을 들었던 기억이 머리에 박혀서 그런가? 모기나 파리에게는 약을 치지만 거미는 그냥 훈방 처분이다. 알고 보면 집에 사는 거미는 인간에게 딱히 해롭지 않은, 순한 곤충 같기도 하다.

대중음악에 통기타와 피아노 반주가 들어간 걸 좋아하

는 듯하다. 내가 꽂힌 곡에 저 두 악기가 들어간 경우가 많았다. 공장에서 일할 때 자주 들었던 김광석의 엄청난 명곡들도 그렇고, 김동률이나 윤하의 노래들도 그렇고. 고백하자면 원래 가사가 없는 연주 음악을 이해하지 못하던 사람인데, 이루마나 류이치 사카모토의 곡은 재생 목록에 넣기도 했다.

인파를 좋아한다. 극내향인인 내가 그런 게 나도 이상하긴 한데, 처음 서울에 올라왔을 때 사람 구경하러 명동에 많이 갔다. 그 당시 명동은 진짜 매일이 연말이라고 해도 될 만큼 인산인해였다. 다들 무언가 목적이 있었을 텐데, 난 그냥 사람 구경 좀 하다가 어묵 꼬치 하나 사 먹고 돌아오곤 했다. 인파를 왜 좋아할까? 부산에서 살던 당시 해가 바뀔 때마다 매년 용두산 공원에 제야의 종 치는 거 구경하러 갔던 추억 때문인가? 그때 진짜 사람에 껴 죽을 것 같으면서도 친구들하고 몹시 즐거웠다. 아! 인파를 좋아하지만, 내게 전혀 관심 없는 인파를 좋아한다. 옷을 사러 매장에 갔을 때도 점원이 내게 말을 걸면 부담스러워서 도망친다.

와, 이렇게 써나가면 이 책 3분의 1 분량 정도는 채울 수 있을 것 같으니, 여기까지만. 대신 내가 좋아하는 이것들을 종합해서 한 줄로 정리해보니 '나는 맑고, 보들보들, 번쩍번쩍하고, 깔끔하고, 순하며, 즐거운 상태를 좋아한다'. 정확히 내가 살아가고자 하는 방식과 일치하는 이 느낌적인 느낌은 무엇이란 말인가.

내가 뭘 좋아하는지 골몰해보는 행위 자체가 굉장히 신선한 경험이었다. 또 그걸 기록하니까 확실히 더 와닿고, 나를 알기 위해 내 시간을 쓰는 게 조금은 뿌듯하기도 하다. 왜 그동안 이런 골몰을 한 번도 안 했을까. 취향에도 내가 추구하는 삶의 방식이 어느 정도 스며들어 있었는데 나는 나를 궁금해하지 않았던 것 같다. 살아지는 대로 살지 않고, 살고 싶은 대로 살려면 일단 내가 어떤 사람인지 아는 게 중요한데 잘 몰랐다. 너무나도 당연한 일인데 이걸 안 했다니. 앞으로도 내가 좋아하는 것들을 한 번씩 기록해야겠다.

이미지 관리

"작가님 마지막으로 욕해본 게 언제예요?"

어느 중학생의 질문에 자신 있게 대답했다. 난 평생 욕을 하지 않았다고. 이유를 묻길래 겸연쩍어하며 말했다.

"없어 보이잖아요."

나중에 생각해보니 잘못된 말이었다. 욕 쓴다고 없어 보인다기에, 이 세상에는 욕 잘하면서도 멋있는 사람이 많다. 생각이 짧았던 저 답변은 후회된다. 비속어를 쓰지 않는 내가 꽤나 고상한 인간인 듯한 말이었다.

"없어 보이잖아요"라는 말을 잘 들여다보면 다분히 계산적이라는 사실을 알 수 있다. 욕을 쓰는 것보다 안 쓰는 게 이미지에 더 이득이니까 안 쓴다는 뜻이다. 내가 만약 원초적인 개그 스타일을 가진 스탠딩 코미디언이었다면 욕설이 유리했을 거다. 욕쟁이 할머니였다면 맛깔나는 욕이 매출에 도움이 되었을 거다. 특수 목적 군인을 키워야 하는 엄한 훈련관에게도 적절한 비속어 사용이 약간은 도움이 되기도 할 테다. 스포츠팀의 응원 단장도 구수한 욕설이 꽤 어울리지 않을까?

하지만 나는 평범한 사람이고, 이런 사람에게 욕설은 그 어떤 이득도 주지 않았다. 물론 욕설이 스트레스 해소 효과가 있다는 건 아는데, 그것도 사람에 따라 다른 듯하다. 난 불쾌할 때 욕을 내뱉는다고 하여 부정적인 기분 수치가 낮아지질 않는다. 무의미한 욕을 할 이유가 없는 셈이다. 욕설을 하면 불이익을 당할 가능성이 있다. 괜히 이미지가 안 좋아질 여지도 있고, 안 생길 적을 만들기도 하고, 특히 원치 않는 아군을 만들기도 한다. 욕은 의외로 친분의 정도를 가늠하는 기준선이다. 서로 욕 섞어가며 대화할 수 있는 사이여야 절친하다는 인식이 있다. 그래서인지, 욕 좋아하는 사람은 욕 잘 쓰는 사람을 반가워하는 경향이 있는데, 내향인인 나는 그 정도의 친밀한 접근이 부담스럽다. 같이 어울리면서 욕을 하고 다니다 보면 그로 인한 불이익이 많을 테니, 원치 않는 아군이기도 하다. 그렇다 하여 또 내가 욕하는 사람을 경멸하거나 싫어하는 건 아니다. 중년 영화배우들이 사석에서 욕설 섞어가며 웃고 떠드는 모습을 보면 그렇게 훈훈해 보일 수가 없다. 가끔 어떤 인물상에겐 적절한 욕설이 함께할 때 매력적이라는 걸 인정할 수밖에 없다. 단지 내게는 맞지 않는 옷일 뿐이다. 그래서 난 평생 욕을 안 한다. 내 개인적인 이득을 위해서 말이다.

그러고 보면 난 평생 이미지 관리를 하며 산 것 같다. 옷이나 운동 등 외모에는 전혀 신경을 안 쓰는 주제에 할 말은 아니지만, 어렸을 때부터 그랬다. 어느 정도냐? 게임에서 채팅할 때 'ㅋㅋㅋ'을 안 썼다. 다들 웃기면 'ㅋㅋㅋ' 하지만 난 무조건 '하하하'였다. 'ㅋㅋㅋ'이 가볍고 성의 없어 보인다는 어이없는 이유였다.

게임 할 때도 '사기' 소리를 듣는 강한 캐릭터는 의식적으로 안 골랐다. 난 게임을 이기려고 하는 게 아니라 재미로 하는 사람이라는 이미지를 만들고자 했음이리라. 사람들과의 관계에서도 지키지 못할 약속은 절대 하질 않았고,

언제 밥이나 한번 먹자는 흔한 인사말도 절대 못 했다. 명품도 평생 안 썼는데, 그게 다 허영이 없는 사람이란 이미지를 만들고픈 마음에서다. 인생을 돌아볼수록 내 모든 행실이 다 이미지 관리였다. 다만, 이게 나쁜 걸까?

어떤 사람이 된다는 것은 원래 어떤 사람이어서가 아니라, 어떤 사람으로 보이기 위해 노력함으로써 이루어지는 게 아닐까 싶다. 원래부터 어떤 사람인 사람이 이 세상에 과연 있을까. 내가 관리하고 싶은 내 이미지는 분명 내가 이상적이라고 생각하는 모습일 테고, 그럼 그런 모습이 되기 위한 관리는 절대 나쁜 게 아닐 거다. 가식도 죽을 때까지 행하면 진짜가 된다지 않는가.

아마 앞으로도 난 평생 욕을 안 하고 살 것 같다. 내가 생각하는 이미지로 타인에게 비쳐지길 바라기 때문이다. 다음에 만약 같은 질문을 받는다면 이렇게 대답해야겠다.

상주에서

지난 일요일. 잠들기 위해 누웠는데 오른팔이 살짝 저렸다. 다음 날 아침에는 뻐근하게 아팠다. 근육통이려니 생각하고 조물조물하다가 월요일 강연 일정에 나섰다. 온종일 습관적으로 오른팔을 주물렀는데 근육이 풀릴 기미가 안 보였다. 다음 날이 되자 증상이 더 심해졌다. 고통이 못 참을 정도는 아니었지만, 지속적인 통증이 신경을 좀 날카롭게 했다. 원인을 모른다는 게 문제였다. 어디에 부딪혔다거나 크게 근육을 쓴 기억이 안 나는데 왜 멀쩡한 팔이 갑자기 아플까? 답답했다.

일단 파스라도 붙여야겠다고 생각하고 그날의 일정을

시작했다. 시간이 지날수록 통증의 강도가 커졌다. 강연 중에 오른팔을 쓰는 일이 거북했다. 강연 중간 쉬는 시간에 팔을 주무르며 아파하고 있었더니, 놀라운 일이 벌어졌다. 근처에 있던 한 학생이 내게 "파스를 가져다드릴까요?" 묻는 게 아닌가? 웃으면서 괜찮다고 하긴 했는데, 학생은 기어코 강연이 끝날 때 내게 파스를 가져다주었다. 중학교 2학년생의 마음 씀씀이가 이렇다니, 이런 감동적인 경험 때문에 학교 강연을 다닌다.

그날 밤 나는 학생의 파스를 붙이고 잠들었다. 그 기특한 마음에 통증이 보답을 하면 좋았겠으나 증상은 점점 심해졌고, 새벽엔 너무 아파서 깼다. 이건 도저히 못 견딜 아픔이었다. 극심한 고통에 잠이 오질 않았다. 웬만한 아픔은 무난히 견디는 성격인데도 이건 웬만하지 않았다. 재미있는 것은, 내가 굳이 입으로 "으" 하고 앓는 소리를 한 번씩 냈다는 거다. 그 소리를 안 낼 수 있는데도 일부러 냈다. 앓는 소리를 내면서도 정확히 이 생각을 했다.

'나는 왜 일부러 앓는 소리를 냈을까? 어차피 주변에 들을 사람도 없는데, 어쩌면 인간의 DNA에 각인된 본능일지도 모르겠다. 앓는 소리를 내면 누군가가 도와주는 일이

인류 초기부터 존재해왔으니, 단지 앓는 소리를 내는 것만으로도 아픔이 덜해지는 듯한 효과가 일어나는 거다.'

계속 앓는 소리를 내면서 오른팔이 안 아픈 각도를 찾으려고 뒤척였지만, 소용없었다. 결국 뜬눈으로 아침을 맞이했다. 이날도 학교 강연이 있었고 아침 9시 20분 상주행 버스를 타러 동서울터미널에 가야 했다. '강연 취소'란 단어가 절로 떠올랐다. 일단 병원을 먼저 가야 하지 않을까? 이런 긴급 상황에서 강연을 취소한다고 해도 문제 될 건 없지 않나? 누가 이걸 잘못이라고 욕할 수 있을까?

상주가 너무 멀게 느껴졌지만 강연 취소는 말도 안 되는 일이었다. 내게는 그냥 하루인 오늘이 학생과 선생님 들에게는 몇 개월을 준비한 강연일이다. 그 가치가 절대 같을 순 없다. 아픈 부위가 팔이 아니었다면 몰라도, 한쪽 팔 정도 못 써도 강연에 무리는 없다. 그렇다면 난 내려가야 했다. 일단 휴대폰으로 야간에도 진료하는 정형외과를 검색했다. 상주에서 강연을 끝내고 올라와서 바로 병원에 갈 생각이었다.

파스를 새로 갈고 동서울터미널로 향했다. 버스에 몸을 싣고 눈을 감았지만, 오른팔의 고통 때문에 잠들 수가 없었다. 그저 눈을 감고 있으려니 두 시간 30분이 길게만 느껴졌다. 설상가상, 가는 길에 고속버스 이벤트에 당첨됐다. 앞차가 고장 나는 바람에 우리 차가 앞차의 낙오된 손님들을 대신 태워줘야 하는 일이 발생한 거다.

"죄송합니다. 근데 차가 고장 나는 일은 기사들도 어쩔 수 없습니다. 그분들을 고속도로에 계속 세워둘 수도 없지 않습니까?"

기사님의 그 말에 누가 반대할 수 있을까? 결국 우리 차는 조금 시간을 들여 앞차의 손님을 수습했고, 그분들의 목적지였던 문경에 들르느라 조금 돌아가게 되었다. 물론 이때도 기사님은 기존 손님에게 양해를 구했다.

"원래도 고속도로가 막혀서 국도로 가는 중이었는데, 그럼 문경에 들렀다가 가는 게 그리 크게 시간이 걸리는 건 아니거든요. 저분들을 위해서 문경 한 번만 들렀다 가도 되겠습니까? 돕고 살면 좋잖아요. 괜찮으십니까?"

이때 내가 후회했던 게 "괜찮습니다"라고 말하지 못한 거다. 괜찮다고 외치는 다른 손님들의 말 틈에 섞이지 못했다. 굳이 말로 하는 게 민망해서였지만, 어쩌면 내 팔의 고통 때문에 무의식적인 불만이 있지 않았을까. "괜찮아요"라고 말할 좋은 기회를 놓친 게 무척 아쉽지만 팔의 고통 때문에 무엇에도 신경 쓸 여력이 없었다.

상주에는 예정 시간보다 40분 늦게 도착해버렸다. 버스에서 내렸을 때 난 그야말로 좀비였다. 오른팔에 힘을 주면 너무 아프니까, 왼팔로 오른팔을 들어 올려서 움직여야 했다. 학교 선생님이 터미널로 마중을 나와주셨는데, 이건 숨길 수가 없었다. 차 안에서 힘겹게 벨트를 매면서 사과했다.

"제가 컨디션을 유지해야 했는데 죄송합니다. 지금 오른팔이 너무 아파서 쓸 수가 없네요."

웃으면서 말을 했는데도 선생님은 놀라셨다. 감사하게도 선생님은 바로 학교 보건실에 연락을 넣어주셨고, 일단 진통제라도 먹기로 했다. 가는 동안 선생님은 어쩌다 팔이 그런지 물었고, 난 이때다 싶어 답답함을 털어놓았다.

"이유를 모르겠습니다. 어디 부딪히거나 눌린 기억도 안 나거든요. 잠결에 제가 혹시 몸으로 짓눌러버린 게 아닌가 싶기도 하고요."

그러자 선생님께서 정말 뜻밖의 제안을 하셨다.

"우리 학교 학생 학부모님이 시내에서 신경과 하시거든

요. 정형외과가 아니더라도 거기서 사진 다 찍고 하니까, 강연 끝나고 가서 진료받아보시는 게 어떠세요?"

고민할 것도 없이 그러겠다고 했다. 안 그래도 이 고통을 참으며 서울까지 언제 올라가나 싶었으니까.

학교에 도착하자마자 보건실로 향했는데, 보건 선생님이 강연장에 가 계셔서 바로 2층 도서관으로 향했다. 50명 남짓한 전교생이 이미 다들 앉아서 나를 기다리고 있었다. 학생들은 환영해주었고 나도 환하게 웃으며 무대 앞쪽으로 향했다. 그사이 보건 선생님께서 타이레놀 한 알을 가져다주셔서 탁상 위의 생수 통을 잡았다. 우습게도 오른팔에 힘을 주지 못하니 물기가 묻어 있던 생수 통이 자꾸 돌아가 뚜껑을 못 열었다. 앞자리의 한 학생이 일어나서 도와주려고 움찔거리는 와중에 겨우 뚜껑을 열었다.

"제가 오른팔이 너무 아파서요. 죄송합니다."

난 최대한 웃는 얼굴로 오른팔의 상태를 설명했다. 강연장의 분위기가 무척 어색해졌다. 아무래도 물병을 못 열고 있는 모습이 충격적이었던 듯하다. 다행히도 강연을 시작하니까 분위기가 살아났다. 객석에서 웃음이 터졌고, 나도 오른팔에서 큰 아픔이 올 때마다 웃음이 터졌다. "아으" 앓는 소리보다 "아하하하"가 덜 아프다. 가장 많은 웃음이 터졌던 시간은 학생들의 책에 사인을 해줄 때였다. 왼손으로 할까 잠시 고민했지만, 50권이 넘는 책에 왼손으로 사인하면 얼마나 시간이 걸릴지 몰랐다. 그냥 오른손으로 하면서, 정말 많이 웃었다. 미친놈처럼 보였을 거다.

강연을 성공적으로 마무리하고, 선생님께서 바로 나를 차에 태워 병원으로 데려가주셨다. 다른 선생님은 서울의 좋은 병원에 가봐야 하는 거 아니냐고 했지만, 담당 선생님께서는 일단 이 병원에 한번 가보길 추천했다.

"저희 학생 학부모님이신데 진짜 잘하세요. 저희 애들도 거기서 다 했어요."

믿음이 가는 말이었지만, 솔직한 마음으로는 당장의 고통을 잠시 덜어줄 수 있는 조치 정도만 기대했다. 얼마 뒤, 학부모님이자 의사인 그분을 만나게 되었다.

엑스레이를 찍고, 초음파 검사까지 받았다. 그러나 아무것도 나오지 않았다. 좀 더 정밀하게 초음파를 살피던 그분이 한 말이 정확히 이랬다.

"제가 뭘 하나 해볼게요."

뭘 해보겠다는 게 무슨 말일까 싶었는데, 커다란 주사기가 등장했다.

"아플 겁니다."

진짜 아팠다. 이땐 웃음도 안 나올 만큼 너무 아파서 "아악" 소리가 계속 나왔다. 머릿속에 가득한 유일한 생각은 '제발 끝나라'뿐이었다. 그분이 말한 "뭘 하나 해볼게요"의 정체는 주사기에 물을 담아서 내 팔의 아픈 부위에 찔러 넣는 동시에 몸속의 무언가를 빼내는 것이었는데, 주사기만 총 다섯 대가 사용됐다. 내게 너무나도 긴 그 시간이 끝났을 때, 그분이 말했다.

"이제 팔을 한번 들어보세요. 올라가죠?"

여전히 아팠지만, 놀랍게도 팔이 올라가는 각도가 확 커졌다. 그분은 주사기를 보여주며 말했다.

"여기 하얗게 뿌연 게 다 돌입니다. 근육에 돌이 생겨서 염증이 생기고 아팠던 겁니다."

"돌이요?"

근육에 돌이라니, 상상도 못 했다. 주사기 바닥에 모래알 같은 돌이 선명히 보였다. 마지막 주사기가 투명했는데, 돌을 다 빼서 그렇다는 설명이었다. 그분은 초음파 화면을 보며 말했다.

"화면에 아무것도 안 나오고, 어디 부딪힌 것도 없고. 여기 자세히 보면 이 부위가 살짝 뿌연데 돌인 것 같았습니다. 다행히 주사기로 뺄 수 있는 정도로 초기라 그렇게 했습니다. 다 뺐으니까 내일부터 확 괜찮을 겁니다."

난 화면을 봐도 전혀 알 수 없었으나, 그분의 눈에는 보인 듯했다. 진짜 놀라웠다. 선생님이 괜히 추천한 게 아니었다. 난 상주에서 허준을 만난 거다. 원인도 몰라서 답답했던 게 뻥 뚫렸다. 진짜 속이 다 시원해서 행복할 정도였다. 병원을 나설 때 팔의 고통이 확실히 참을 만한 강도로 줄어 있었다. 여길 데려다주신 선생님께도 몇 번이나 감사 인사를 했다.

편안한 마음으로 동서울행 버스에 올라탔다. 상주로 내려가는 버스와 올라가는 버스가 이렇게 다르게 다가올 수 있나? 고통으로 내려와 환희로 올라갔다. 다음 날 아침, 기적처럼 오른팔이 거의 정상으로 돌아왔다. 세상에 이렇게 좋을 수가. 정말 행운이었다. 만약 내가 새벽에 너무 아파서 강연 취소를 했다면 이런 행운을 만나지 못했을 거다. 아픔을 참고 강연하러 갔기 때문에 이렇게 완벽하게 모든 일이 해결된 거였다.

난 옳은 선택이 좋은 일을 불러오는 이야기를 정말 좋아하지만 설마 그게 내게 일어날 줄은 몰랐다. 삶에서 이런 경험을 해본다는 건 축복이다. 앞으로도 난 이 경험 때문에 원칙에 준한 옳은 선택을 하게 될 거다. 참고 견디면 좋은 결과가 돌아오는 이런 일이 또 일어나면 얼마나 좋을까. 물론 돌 때문에 생긴 염증을 방심하고 팔을 막 썼다가 서울에서 가벼운 후속 치료를 받기는 했지만 그때의 감동은 아마도 평생 잊지 못할 듯하다.

2장

무채색 삶이라고 생각했지만

내가 나라는 존재감

중학교 중퇴 학력의 주물 공장 노동자 출신 작가로 알려진 내가 대책 없이 학교를 그만두면서 했던 생각은 '난 뭘 해도 먹고살겠지'였다. 공부나 운동을 잘하는 것도 아니었고, 확고한 꿈이 있었던 것도, 하다못해 집안에 돈이 많은 것도 아니었는데 도대체 뭘 믿고 그렇게 자신했을까? 지금에 와서 생각해보면 우습게도 오락실 때문이었다. 어릴 때 난 '스트리트 파이터' 같은 대전 격투 게임을 정말 잘했다. 동네에는 적수가 없었고, 시내에 나가도 50연승씩 할 정도로 실력이 대단했다. 아마 그때 다른 사람들을 계속 이기던 경험이 내 자신감을 대책 없이 키워놓은 듯하다. 정말 그렇게 생각했다. 내가 대단한 사람이라고 말이다. 그런데 막상 중학교를 중퇴한 난, 그렇게 대단한 사람이 아니었다.

가난한 집안에선 학업에 뜻이 없다면 일이라도 일찍 시작해야 했다. 그런데 나는 뭘 하고 싶은지 전혀 알 수가 없었다. 고민할 시간도, 주변에 이끌어줄 어른도 없었기에 단순하게 생각하기로 했다. 일단 고민할 시간에 아무거나 '할 수 있는 일'을 하자. 뭐가 됐든 당장 할 수 있는 일을 하다 보면 먹고살겠지, 그렇게 일을 시작했다.

그 마음가짐으로 처음 들어간 직장은 재봉 공장이었다. 원단이 끝없이 밀려오는 컨베이어 벨트 옆에 서서 가위질을 하는 일이었다. 컨베이어 벨트는 느려지지도, 멈추지도 않았기 때문에 쉴 틈이 없었다. 행여나 기계 속도를 따라가지 못하고 원단이 밀리면 내 뒤에서 들려올 욕설을 각오해야 했다. 나란히 서서 일해야 하는 그 벨트에서도 일종의 계급이 나뉘어 있었는데, 가장 뒤쪽에 있는 공장장만이 의자에 앉아서 일했다. 그 앞쪽, 나를 포함한 10대 후반에서 20대 초반의 어린 직원들은 종일 두 다리로 버티고 서서 가위질을 해야 했다. 그들 중 손아귀의 아픔을 느끼는 사람은 나밖에 없는 것 같았다. 하루 만에 다리가 후들거리고 손아귀가 찢어질 듯했다. 나는 도저히 이 일을 계속 할 수 없었고, 불과 사흘 만에 그만두었다.

얼마 지나지 않아 다음 직장을 구했는데, 시내의 작은 인쇄소였다. 동네의 신문 배달 할아버지가 나를 보고 효자라면서 구해준 자리였다. 할아버지의 아들이 운영하는 그 인쇄소는 그리 크진 않았지만, 첫 출근한 나를 누구도 신경 쓰지 못할 정도로 바빴다. 난 거의 그분들이 일하는 모습을 구경하기만 했다. 정말 대단한 기술자들이었다. 마술사가 카드 쇼를 펼칠 때 일정한 간격으로 카드를 늘어뜨리거나 섞듯이, 여기 직원들은 카드보다 크고 얇은 A4 용지로 구김 하나 없이 그걸 했다. 내게도 시켜서 한번 해봤지만 어림도 없었다. 난 대단하다고 생각했고 실제로 그분들은 자부심이 있었다. 점심시간에 한 아저씨가 말했던, 우리 인쇄소가 규모는 작아도 부산에서 세 손가락 안에 든다던 그 말이 아직도 기억난다. 하지만 그 대단한 인쇄소에서 내가 할 수 있는 일은 없었다. 그곳에선 나를 배달부로 뽑았지만, 내가 오토바이를 탈 줄 모르는 게 문제였다. 일하려면 무조건 오토바이를 배워야만 한다기에 그 핑계로 다음 날 출근을 포기했다.

다음으로 나는 건설 현장에서 배선 작업을 하는 노가다 팀의 막내로 들어갔다. 전선 까는 일이라고만 듣고 따라 나간 현장은 부산 전화국 건설 현장이었는데, 그 위용이 굉장했다. 영도 산동네를 거의 벗어나질 않던 촌놈에게는 말이다. '오야'가 이곳의 작업이 끝나면 어디 가서 부산 전화국 네가 지었다고 말하고 다니라고 농담했는데, 그게 자랑이 될 수 있을 만큼 인상적인 건물이었다.

그 큰 건물에서 내 일은 대부분 잡무였다. 짐을 옮기기, 일일이 바닥을 뜯어서 전선을 확인하기, 전선 피복을 벗겨 놓기, 비질 등등. 누구나 할 수 있는 일이었지만, 나는 또 이게 힘들었다. 짐은 왜 이렇게 무거운지, 이놈의 건물은 왜 이렇게 넓은지, 전선은 왜 이렇게 끝도 없이 길고 복잡한지. 나는 밤늦게 일이 끝나면 늘 시체처럼 집으로 돌아왔고, 내일이 오지 않기를 바라며 잠들었다. 오야와 삼촌들은 이 기술을 잘 배우면 일당이 30만 원이라고, 남들은 돈 내고 배우는 기술이라며 격려했지만 귀에 들어오질 않았다. 결국 보름이 조금 넘었을 때 전화국 현장을 마무리한 뒤 다음 현장부터는 따라가질 않았다. 또 포기한 것이다.

주민등록증이 나오면서 부산 집을 떠나 대구에 가 독립

했다. 바닥에 타일 까는 기술을 배우기 위해서였다. 첫 현장의 건물주 아주머니는 공사가 잘되길 바라서인지 이 기술을 가진 사람이 이태리에서는 장인 대접을 받는다며 우릴 추켜세웠다. 하지만 장인은 오야지 내가 아니었다. 나는 오히려 고급 타일이 부담스럽기만 했다. 고급 타일은 크고 무겁고, 또 비쌌다. 그 무거운 걸 들다가 놓쳐서 금이라도 가면 몇만 원에서 몇십만 원이 날아갔다. 몸도 힘들고, 마음도 힘든 일이었던 것이다. 당시 일이 별로 안 들어오는 바람에 흐지부지 그만두게 되었지만, 일이 많았다 한들 내가 할 수 있었을 것 같진 않다.

몇 번의 일을 경험하며 난 내가 대단한 사람이 아님을 온몸으로 깨달았다. '난 뭘 해도 먹고살겠지' 하고 자신하던 마음은, '난 뭘 해도 못한다'라고 자책하는 마음으로 바뀌었다. 할 수 있는 일만 해도 먹고살 수 있으리라 쉽게 생각했는데, 내가 할 수 있는 일이 과연 세상에 존재하는지도 알 수 없었다.

한데 천만다행으로, 있었다. 피시방 아르바이트였다. 타일 일이 너무 없을 때 방세를 내기 위해 집 근처 피시방에서 일을 시작했는데, 이때 처음으로 할 수 있을 것 같단 생각이 들었다. 피시방 일은 무거운 걸 들지 않아도 되었고, 종일 서 있지 않아도 되었고, 먼지로 콜록거리지 않아도 되었다. 비록 시급이 1900원밖에 안 했지만, 내가 할 수 있는 일이 존재한다는 게 중요했다. 그래서인지 그 피시방에서는 3년 가까이나 일했다. 3년간 시급이 한 번도 오르질 않았는데도 말이다. 지금 생각하면 3년이라는 시간을 어떻게 보냈나 싶지만 당시에는 그 외의 어떤 길도 보이질 않았다. 한번은 단골손님이 내 시급을 묻고는 사장님을 욕하며 나를 동정한 적이 있었다. 내가 착취당하고 있단 걸 어렴풋이 짐작할 수 있었지만 아무 항의도 하지 않았다. 그땐 그 일이 아니면 내가 할 수 있는 일이 없는 줄 알았다. 시급이 터무니없이 낮으니 당연하게도 그 생활에 미래는 없었다. 한 달에 대충 60만 원을 벌면 20만 원은 방세를 내고, 20만 원은 부산 집에 보내주고, 나머지 20만 원으로 한 달을 살면 끝이었다.

그때 마침, 서울의 외삼촌이 주물 공장 자리를 소개해줬다. 나는 고민했다. 내가 그 일을 할 수 있을까? 재봉 공장처럼 또 사흘 만에 그만두면 어쩌지? 걱정이 많았지만 나는 서울행을 택했고, 성수동의 작은 주물 공장으로 출근했다. 주물 공장의 일은 예상보다 '할 수 있는 일' 쪽이었다. 피시방 일보다 힘들긴 했지만, 죽어도 못 버틸 정도는 아니었다. 이때 난 내가 할 수 있는 일과 할 수 없는 일의 선을 알게 되었다. 그 일이 힘드냐 안 힘드냐보다는, 아프냐 안 아프냐였다. 일하면서 어디가 너무 아프거나, 집에 돌아와서도 계속 온몸이 욱신거린다면, 그 일은 내가 할 수 없는 일이었던 것이다.

주물 공장의 일은 앉아서 할 수 있었고, 무거운 걸 들거나 다칠 만한 상황도 많지 않았다. 500도의 뜨거운 쇳물을 곁에 두고 일하는 게 위험하긴 했지만 그건 내가 조심할 수 있는 부분이었다. 처음의 두려움과는 달리 나는 이 주물 공장의 일을 충분히 해나갈 수 있었다. 그러다가 첫 달 월급으로 130만 원을 받는 순간, 나는 이 공장에 뼈를 묻어야겠다고 생각했다. 60만 원을 받다가 130만 원을 받으니 신세계가 펼쳐졌다. 마음 편히 피자나 치킨을 시켜 먹을 수 있었고, 대형 마트에 갈 수 있었고, 저축도 가능했다. 심지어 피시방 시절과 달리 월급이 매년 오르기까지 했다. 축복이었다. 내가 할 수 있는 일이면서, 내 삶의 질을 올려주고, 미래를 준비할 수도 있는 일. 그것이 주물 공장의 일이었다. 정말 열심히 다녔다. 10년이 넘도록 한 번도 결근을 한 적이 없고, 지각도 손에 꼽을 정도였다. 감사하고 소중한 일인 만큼 아마도 난 평생 이 일을 할 거라고 생각했다.

그러나 소중하다고 해서 꼭 그 일을 좋아하는 건 아니다. 보람이나 자부심보다는 월급을 동력으로 일했다. 많을 땐 하루에 지퍼나 단추를 몇만 개씩도 만들었지만, 성취감이 없었다. 기계적으로 만들 뿐, 어디서 어떻게 쓰이는지 전혀 관심이 없었다. 굳이 내가 만들지 않아도 상관없는 물건, 내가 없더라도 돌아가는 공장, 내가 아니더라도 할 수 있는 일, 딱 그랬다. 주물 공장의 일은 내 삶에 안정감을 주었지만, 그 일 속에 나는 없었다. 그래서인지 근속연수가 늘어날수록 일이 지겨워졌다. 환경의 영향이 컸을 것이다. 주물 공장의 일은 출근해서 기계 앞에 앉으면, 점심시간을 제외하곤 일어날 일이 없다. 쇳물의 위험성 때문에 직원들은 모두 멀리 떨어져 일하느라 대화가 힘들고, 쇳물이 튈까 봐 자리는 벽으로 가로막혀 있다. 출근해서 벽만 보고 기계처럼 단순 반복 작업을 하다가 퇴근하는 것이 10년간 내가 한 일의 전부다. 이 한 문장으로 10년을 설명해도 전혀 무리가 없을 정도다.

공장에서 20대를 다 보내고 서른을 맞이한 게 8년 차쯤 이었는데 그때 소위 번아웃 증후군이라고 하는 정신적 탈진 상태가 되었다. 출근하면 가장 많이 하는 행동이 언제 퇴근 시간이 오는지 벽시계를 돌아보는 것이었다. 그런 모습을 들켜서 한 소리 듣고도 나아지지 않을 정도로 지쳐 있었다. 단 1년만이라도 쉬고 싶다는 생각이 간절했다. 어쩌면 예전에 내가 일을 포기할 때의 마음과 비슷했던 것 같다. 그때처럼 일을 그만둘 순 없었다. 대단치 않은 내가 할 수 있는, 몇 안 되는 소중한 일이니까. 매일 똑같은 단순 반복 작업이 아무리 지겨워도, 어차피 내가 살면서 본 노동자 중에 일을 즐기는 사람은 없었다. 대부분은 나처럼 할 수 있는 일이어서 하는 듯했고, 거기에 자부심이나 보람, 적절한 보상 같은 동력을 더해서 견디고 있었다. 그렇다면 나 역시 생활의 보장을 동력으로 견딜 뿐이었다.

일은 원래 견디는 것이다. 내가 그렇게 결론지은 까닭은, 평생 한 번도 일을 좋아해본 적이 없었기 때문이다. 내게 일은 할 수 있는 일과 할 수 없는 일로 나뉠 뿐, 좋아하고 말고가 존재하지 않는 개념이었다. 그런데 서른두 살에 기적처럼 좋아하는 일이 찾아왔다.

세

2016년 5월 16일, 나는 태어나 처음으로 소설을 썼다. 당시 자주 가던 온라인 커뮤니티 게시판에 누구나 창작 글을 올리는 걸 보고 별다른 생각 없이 심심풀이로 써본 것이었다. 작가가 되고 싶다거나 글로 무언가를 이루고 싶은 마음은 없었지만, 10년간 벽을 보며 떠올린 망상들은 있었다. 초능력이 생긴다면? 로또에 당첨된다면? 돈과 양심 중 선택해야 한다면? 이런 스토리로 영화를 만든다면? 등등. 나는 평소 일하면서 떠올린 잡생각을 소재로 이야기를 만들어 인터넷에 올리기 시작했다. 놀랍게도 사람들의 엄청난 반응이 돌아왔다. 재미있다는 댓글은 기본이고, 기발하다, 천재다, 영화 같다, 감사하다, 지하실에 가둬놓고 글만 쓰게 하고 싶다, 보다가 지하철 하차역을 지나갔다 등등. 기분 좋아지는 댓글들이 쏟아졌다. 댓글 하나하나가 나에겐 엄청난 희열이었다. 살면서 이렇게 기분 좋은 적이 없었고, 그것은 내 생활까지 바꿔놓았다. 공장에 출근하면 노상 벽시계만 쳐다보던 내가, 글쓰기를 시작한 후로는 머릿속으로 이야기를 상상하느라 시간이 가는 줄도 모르게 되었다. 그렇게 구상한 이야기를 퇴근하자마자 쓰기 시작하여 잠들기 직전에 업로드했는데, 그러고 나면 다음 날을 기대하며 잠들 수 있었다. 불과 얼마 전까지만 해도 아침에 알람이 울리면 또 출근해야 한다는 사실에 절망하던 사람이 밤새 달렸을 댓글 생각에 벌떡 일어났다. 기분 좋게 출근을 했고, 일하다가 지친다 싶을 때 휴대폰으로 댓글을 확인하면 곧바로 웃음이 나왔다. 일이 많이 힘든 날에는 더 열심히 글을 썼다. 그 시절 내 하루는 일하고, 글 쓰고, 자고, 정확히 삼분이 가능했다. 쉴 틈이 전혀 없어도 기꺼이 매일을 즐겼다. 어쩌면 그때부터 이미 내 인생의 중심은 주물 공장 일에서 글쓰기로 이동했던 것 같다. 일주일 내내, 주말까지 통째로 글쓰기에 투자했으니까 말이다.

그렇게 열심히 글을 쓴다고 해서 돈이 나오는 것도, 무언가가 되는 것도 아닌데 자발적으로 그랬던 이유는, 그 자체가 놀이처럼 너무 즐거웠기 때문이다. 살면서 처음으로 찾은 좋아하는 일이었다. 단순히 좋아하기만 하던 그 일은 『회색 인간』(요다, 2017)이란 종이책을 내면서 돈을 받는 일이 되었다. 지금도 글쓰기는 일이라는 생각이 안 들 정도로 지치지도 않고 항상 즐겁다. 난생처음 보람과 자부심도 느낄 수 있고, 이 일은 다른 사람으로 대체될 수 없는 내 것이란 감각이 만족스럽다.

그렇게 내가 평생 할 거라고 예상했던 주물 공장의 노동은 10년 6개월 만에 끝나게 되었다. 그 자리를 이젠 작가라는 직업이 차지하고 있다. 공장 일을 그만둘 때는 사실 불안했다. 공장장님이 말했던, 1년만 쉬다가 다시 돌아오라는 그 말이 정말 고맙게 들렸다. 다행히 책이 잘되는 바람에 글쓰기만으로도 생활할 수 있게 되었다. 하지만 만약, 책이 잘되지 않았더라도 내가 과연 다시 주물 공장에 돌아갔을지는 모르겠다.

주물 공장에서 10년 동안 일하면서 나라는 사람의 존재는 희미했다. 매일 같은 행동을 반복하는 반투명한 지박령 같았다. 나는 내가 어떤 사람인 줄도 몰랐고 그걸 알아볼 생각도 하지 못했다. '내가 나'라는 존재감은 좋아하는 일을 하면서부터 선명해졌다. 나의 일부를 떼어서 글을 내놓으면, 그것들이 다시 돌아와 나를 더 분명하게 만들어갔다. 나는 좋아하는 일을 하면서 나를 찾았고, 나로 살아가고 있다. 이전보다 수입이 안정적이지 않아도, 언젠가는 즐거움이 아닌 고통으로 느껴지는 날이 올지 몰라도, 나는 지금처럼 내가 좋아하는 일을 계속하고 싶다.

작가가 꿈은 아니었지만

지금 즉시 내 인생이 끝난다면, 사실 내 인생을 대표하는 말은 작가가 아니라 주물 공장의 노동자다. 작가로서의 삶은 6년 차이지만 공장 노동자로서는 10년 6개월을 일했으니 말이다. 그땐 사실 평생 그 일을 할 줄 알았다. 인생에 이런 변화가 일어날 줄 알았을 리가 없다. 어떻게 나 같은 사람이 갑자기 글을 쓰게 됐을까?

남들처럼 글쓰기는 내 운명이라고 말할 자신은 없다. 운명보다 우연에 가깝다. 사실은 죄책감도 느껴진다. 글쓰기가 꿈도 아니었던 사람이 감히 작가가 되어도 될까? 작가가 간절한 꿈인 사람들에게 난 어느 정도 재수 없는 유형

일지도 모른다. 실제로 한 뒤풀이 자리에서 글쓰기가 꿈이 아니었다는 말을 해서 누군가를 울린 적이 있다. 허둥대며 어떻게든 변명하려 애썼는데, 어떤 말도 사실을 바꿀 순 없다. 그날 이후 글쓰기가 꿈이 아니었단 말을 하기가 몹시 조심스러워졌다. 변명하자면, 난 작가란 직업을 절대 별것 아닌 것으로 생각하지 않는다. 너무나도 사랑하는 직업이고, 현재 내 인생에서 가장 소중한 게 글쓰기다. 오죽하면 1000편 넘는 소설을 썼겠는가. 진심으로 글쓰기를 좋아하는 사람이 되었으니, 꿈이었다고 자각하기도 전에 행복을 선지급받은 행운아라고 해야 정확하다.

내게 글쓰기가 운명이 아닐지라도 필연성은 있었다. 우연으로 시작했을지언정 절대 멈출 수 없었으니까. 2016년 5월에 첫 소설을 쓰고, 1년 반 만에 300편을 썼다. 인터넷 게시판에 소설을 올리고, 사람들의 호응을 얻고, 내가 사람들이 원하는 무언가를 채워줄 수 있다는 깨달음을 얻은 그 일련의 일들은 무채색이었던 나를 발끝에서부터 색칠해 나가는 과정 같았다. 난 작가가 꿈은 아니었지만 누구보다 글쓰기를 사랑할 수밖에 없는 사람인 거다. 2016년부터의 인생 전체가 글쓰기였을 만큼 매일 소설만 생각하며 살았다. 내게 글쓰기는 친구였고, 행복이었고, 구원이었다. 글쓰기가 없었다면 난 성수동 지하의 지박령으로 살다가 죽었을 거다. 죽을 때까지 내가 어떤 색을 가진 사람인지 보지도 못하고, 나는 왜 사는지 그 이유도 모른 채로 눈을 감았을 거다. 몇 번을 말해도 부족할 만큼 내게 글쓰기는 소중하다.

하지만, 그렇지만, 그럼에도 불구하고 작가가 꿈은 아니었단 사실이 변하진 않는다. 나는 왜 어릴 적 꿈이 작가가 아니었을까 원망스러울 정도다. 근데 왜 꿈도 아닌 주제에 작가가 될 수 있었을까? 어떻게 그럴 수 있었을까? 내가 글쓰기를 시작한 인터넷 게시판에 답이 있다.

내가 작가가 된 건 객관적으로 신기한 일이다. 책을 전혀 읽질 않고, 최종 학력은 중학교 중퇴에다가, 평생을 공장 노동자로만 살아왔던 사람인데. 그런 사람이 작가가 되려면 진짜 놀라운 힘이 여럿 작용해야 했겠지만, 그 시작점을 되돌아보면 지극히 사소한 우연이다. 당시 난 한 인터넷 커뮤니티 '공포게시판'에 올라오는 무서운 글을 보는 게 취미였는데, 그 게시판에서 내 흥미를 끌었던 게 '릴레이 소설'이었다. 댓글 창에서 지나가던 사람들이 아무렇게나 릴레이로 소설을 이어가는 건데, 나도 참여해서 중간에 깽판을 치곤 했다. 문제는 내 뒷사람이 쓴 글이 재미가 없을 때다. 더 재미있는 방향이 있는데 왜 저렇게 썼을까? 답답했다. 마치 소셜 미디어의 지겨운 게임 광고들을 보고 '왜 저걸 못 깨? 내가 어떻게 깨는지 보여줄게!' 생각하게 되는 것과도 같았다. 마침 주말 아침에 시간도 남던 차, 그냥 난 릴레이 소설을 혼자 써버리자는 마음가짐으로 키보드 앞에 앉았다. 지금 생각해도 진짜 별것 아닌 계기로 글쓰기를 시작했네 싶다. 부끄러울 지경인데, 그래도 그 사소한 우연이 내 인생을 완전히 바꿔놓았다. 평생 다시 있을까 싶은 행운이다.

더 큰 행운은 사실 내 글을 봐준 독자분들을 만난 일이다. 첫 글이라는 내 사소한 우연을 단지 우연에 그치지 않도록 키워준 게 바로 인터넷 독자분들이다. 내 글을 봐주는 것만으로도 감사한데, 정말 얼마나 나를 응원해주었는지 모른다. 내 꿈이 작가가 아니었는데도 작가가 될 수 있었던 건 어쩌면, 내가 작가가 되는 모습을 그분들이 꿈꾸었기 때문인지도 모른다. 그분들은 내가 작가가 되기를 나보다도 더 간절히 바랐고, 실질적으로 분명한 도움을 주었다. 내 책 1쇄를 사흘 만에 다 구매해줬다는 것만 봐도 증명이 되는 이야기다. 내가 작가가 되는 걸 마치 본인의 일처럼 기뻐해주던 그분들의 모습은 분명, 내가 작가가 되는 모습을 꿈꾸었기에 나올 수 있었으리라. 그러면 모든 의문이 풀린다. 작가가 꿈이 아니었던 사람이 작가가 될 수 있을 리가 없는데, 그분들의 꿈이 내가 작가가 되는 것이었기에 작가가 될 수 있었다. 그렇게 꿈이 이루어진 거다.

이것이 사실이라면, 믿기지 않는 이야기다. 타인의 꿈이 나의 성공인 사람은 얼마나 축복받은 사람일까? 나는 행복할 때마다 감사하며 살아야 한다. 그게 작가가 꿈도 아니었던 주제에 글쓰기로 행복해진 사람이 평생 갚아야 할 빚이다.

시간의 위대함

세상에서 가장 강력한 힘 중 하나가 시간인 것 같다. 관용적인 표현이 아니라 진짜 시간은 그 자체만으로 엄청난 힘이 있다. 집에서 발견한 벌레를 죽이려다가도 누군가 "100년 동안 산 객체예요"라고 말하면 못 죽일 것 같다. 별것 아닌 것도 '시간'이 더해지면 대단해진다.

"저는 세 잎 클로버를 모아요."

"에이, 세 잎 클로버를 왜 모아요?"

"30년 동안."

"우와아…."

"저는 사실 주말마다 벨튀(벨 누르고 튀기)를 합니다."
"아, 그거 진짜 민폐인데."
"50년 동안."
"와아…."

심지어 인터넷에 개똥 사진만 올리는 괴팍한 사람도 10년을 그랬다고 하면 인정해주게 된다. 이런 감탄은 인간의 본능인 것 같다. 시간은 내게도 똑같이 주어진 자원이니까 비교적 잘 체감되는 것 아닐까? 나도 지금 초단편 소설로 시간의 위대함을 쌓아가는 중이다. 누군가에게는 이 초단편 소설이 인터넷 커뮤니티 게시판용 스낵 컬처 그 이상으로는 보이지 않을 수도 있겠지만, 그것도 10년, 20년이 넘으면 인정 안 하기가 힘들 거다. 게다가 난 이 시간의 힘을 가속하는 비법도 알고 있다. '많이'다. 양의 힘도 시간의 힘만큼 강력하다.

"그 작가 인터넷 게시판에 1년 반 동안 글을 올려서 데뷔했다네."
"그래? 글을 잘 썼나?"

"1년 반 동안 소설 300편을 썼대."

"헐…."

초창기에 출판사에서 초단편 소설 500편 달성 기념행사를 열어준 적이 있는데, 과분할 정도로 많은 분이 오셔서 축하해주셨다. 그날은 정말 오직 나를 위한 축제 같은 날이었다. '별것도 아닌 나도 500편을 쓰면 이렇게 축하받는구나'란 생각에 벅찼다. 다음 목표 1000편을 30대 안에 마무리하자고 각오했는데, 2022년에 목표를 이루었다. 그동안 초단편 소설만 1000편 넘게 썼다. 어디 가서 이 말을 할 때마다 사람들이 대단하게 바라보는 것이 느껴진다. 초단편 하면 김동식이라고 인정받을 수 있게 되었다. 몇십 년을 써야 받을 수 있는 인정을 1000편이라는 다작으로 당겨 받은 거다. 그래서 난 내가 어떻게 잘됐는가를 묻는다면 두 가지만큼은 자신 있게 말할 수 있다. 꾸준히, 그리고 많이. 이것이 내가 살면서 깨달은 성공의 진리다. 무언가를 꾸준히 하면서도 아무런 변화가 없는 듯해 불안하다면, 지금 난 시간의 위대함을 쌓아가는 중이라고 생각하면 좋겠다.

실패해도 괜찮아

작가 이전의 나와 지금의 나는 얼마나 바뀌었을까? 원래 한결같은 걸 찬양하는 성향이지만, 많이 바뀌었다. 사람이 밝아졌다는 얘기를 정말 많이 듣는다. 과거에는 새까맸나 보다. 처음 보는 사람과 눈을 마주치고 웃을 수 있다는 점이 과거를 떠올리면 상상도 못 했던 일이긴 하다. 작가가 된 후 성격이 점점 더 좋아지는 것 같다. 다른 측면에서 가장 크게 달라진 건 역시, 금전적 여유다. 혹시 금전적 여유가 좋은 성격을 불러온 걸까?

돈 이야기를 한다는 게 조심스럽지만, 삶에서 돈은 정말 중요하다. '돈이 최고다'를 말하고자 하는 게 아니라, 사람을 사람답게 살 수 있도록 해준다는 점에서 말이다. 실제 내가 시급 1900원으로 착취당하던 피시방 아르바이트 시절에는 '생존'을 제외한 어떤 선택지도 주어지지 않았다. 주물 공장에서 일하면서 월급이 무려 130만 원이 되었을 때, 내 삶에 선택지들이 생기기 시작했다. '대형 마트에 가서 카트를 밀어본다', '나이키 신발을 사본다', '분식집이 아닌 식당에서 식사해본다', '명절 특집으로 방영되는 티브이 영화 말고 극장에서 상영 중인 영화를 직접 가서 본다', '좋은 압력밥솥을 사서 밥맛이 달라지는 걸 확인해본다' 등등. 나도 남들처럼 평범하게 살 수 있다는 점이 정말 좋았다. 사람답게 산다는 것이 꼭 사치를 부려야 한다는 말은 아니고, 내 삶에 선택의 여지가 있다는 그 자체를 말하는 거다. 생존을 위해 한 가지 정답이 정해진 삶과 여러 정답 중 하나를 고민해볼 수 있는 복잡한 삶의 차이라고 할까. 난 그 두 가지를 경험해봤다. 그리고 최근 새로운 세 번째를 경험하는 중이다.

첫 번째가 부당한 대가를 받으며 적은 월급으로 살아가던 사람답지 않은 아르바이트 시절이라면, 두 번째는 정당한 대가를 받으며 사람답게 살아갈 수 있었던 노동자 시절이었고, 세 번째는 과분한 대가를 받으며 여유롭게 살아가는 지금 이 작가로서의 시절이다.

옛날에는 외식을 하더라도 1만 원이 넘어가면 진심으로 죄책감이 들었다.

'네가 뭔데 감히 1만 원이 넘어가는 음식을 먹어?'

지금은 먹고 싶은 게 있으면 가격을 보지 않고 먹는다. 심지어 이 글을 쓰기 직전에도 그랬다. 냉면 전문점에 밥을 먹으러 갔다가 충동적으로 갈비를 시켰다. 다 구워서 나온다는 문구에 꽂히는 바람에. '2인분부터 주문 가능합니다'란 팻말이 붙어 있었는데도 그냥 2인분을 시켜서 혼자 먹었다. 공깃밥 포함 2만 5000원. 한 끼에 이 금액을 쓴 내 모습을 과거의 내가 봤다면 "너 오늘 생일이야?"라고 물었겠지.

또 하나 좋은 건 엄마가 부탁한 물건을 아무 고민 없이 그냥 사줄 수 있다는 거다. 영양제부터 립스틱, 선크림, 과자, 뭐가 됐든 필요한 걸 사진 찍어서 보내오면 내가 부산 집으로 알아서 보낸다. 엄마나 나나 나이가 들면서 자연스럽게 들어가는 각종 병원비도, 만약 과거의 나였다면 부담 없이 다 해결할 수 없었다.

생각해보면, '망설임'이란 감정을 느끼지 않을 수 있다는 게 정말 행복한 일이다. 돈이 주는 만족의 결을 들여다보면 결국 물질보다 감정의 영역이다. 어떤 사치를 말하고자 하는 게 아니라, 사소하게라도 무언가 소비할 때 '잘못 사도 괜찮아'란 마음이 정말 좋다. '인스타용 과대광고 같은데?'란 생각으로 긴 시간 고민하지 않고 '샀다가 별로면 뭐 별로인 거지' 하고 넘어갈 수 있다는 게 좋다. 갑자기 내리는 비에도 '집에 우산 많은데'를 생각하지 않는 게 좋다. 이틀 전 강연으로 울산역에 내렸을 때 비가 쏟아졌다. 잠깐의 고민도 없이 편의점에 가 우산을 샀다. 10분쯤 뒤, 가방 안에 이미 우산이 있었다는 걸 알게 됐다. 예전의 나였다면 바보 같은 자신에게 화가 나 자책했겠지만, 이틀 전의 나는 우산을 발견하자마자 웃어넘겼다. 심지어는 오늘 우산 하나는 잃어버려도 되겠다며 실없이 긍정적인 생각까지 했다. 금전적 여유가 사람에게 줄 수 있는 최고의 만족은 실패해도 된다는 안정감과 자신에 대한 관대함이었다. 실패하면 끝장이라고만 말하는 세상에서 비록 작은 것일지언정 실패해도 괜찮다고 말해줄 수 있는 상황이 주는 기쁨은 크다.

생각해보면, 이 상태가 정상이다. 과거 모든 일에 너무 자책했던 그 시절이 비정상이다. 누구나 살면서 크고 작은 실수나 실패를 하게 마련인데 그때는 왜 그리 자책했는지 모르겠다. 결국 돈이 중요한 게 아니라 마음가짐의 문제다. 과거 내가 돈이 적든 많든 스스로에게 좀 더 관대했으면 어땠을까 싶다. 항상 보수적으로 검증된 것만 사고, 먹던 것만 먹고, 하던 일만 하고 살았던 일상에 조금쯤은 새로움을 더했어도 괜찮았을 텐데 말이다.

조심스럽기는 하다. 이것도 다 경제적 여유에서 나오는 사유일까? 재수 없나? 그럴지도 모르겠다. 다만 내 이 여유는 과거의 나와 비교한 상대적인 것이고, 이 역시 영원하리란 보장도 없다. 언젠가 여유를 잃게 되더라도 나를 향한 관대함까지는 잃고 싶지 않다.

인복

세상에 많은 복이 있겠지만, 그중 최고는 인복이다. 인간이라는 종의 삶은 타인이 없으면 성립하지 않으니 인복이 최고일 수밖에 없다. 난 일을 시작하면서 뼈저리게 느꼈다. 몸이 힘든 것보다 마음이 힘든 게 더 힘들다. 월급 더 주는 직장보다 사람 스트레스 없는 직장이 훨씬 낫다. 내가 주물 공장에서 10년 넘게 버틸 수 있었던 것도 사실 동료들이 좋은 사람이었기 때문이다. 내 인생에서 처음으로 먹어본 '새우 소금구이'가 공장장님의 집에서였다. 새우 소금구이를 해 먹는다고 날 데려가서 먹이다니, 지금 생각해보면 정말 대단한 온정이다. 요즘 시대에 그러기 쉽지 않다. 공장장님만 좋았던 것도 아니다. 그 옛날 그 시절에 주5일제를 강행했던 것도 그렇고, 일이 없는 비수기에 일찍 퇴근시켜주는 일도 그렇고. 정말 그런 공장에서 10년간 일할 수 있었던 건 엄청난 행운이었다.

항상 하는 말이지만 나는 정말 운이 좋다. 특히 가장 중요한 인복이 굉장히 좋다. 내 인생 가장 큰 인복은 말할 것도 없이 인터넷 독자들이다. 보통 인터넷에 글을 올릴 때 많이 두려워하는 게 비판과 비난이다. 그런데 내가 글을 올렸던 그 사이트의 규칙이 '반말 & 욕설 금지'였다. 우연히 글을 올린 게시판에 그런 규칙이 있었다는 게 얼마나 행운인가. 그런 게시판에 특화된 이용자들은 또 얼마나 친절했겠는가. 너무 못 쓴 글인데도 용기를 가지고 계속 써나갈 수 있도록 해준 게 그 게시판의 이용자들이었다. 뭔가를 알려줄 때도, 굉장히 조심스러워하는 그 느낌을 아는가? 일단 "정말 재밌게 잘 봤습니다. 상상력이 대단하세요. 그런데"란 칭찬으로 시작하는 지적은 얼마나 센스 있고 다정한지 모른다. 어떤 분들은 내가 인터넷 커뮤니티 덧글을 통해서 글을 배웠다고 말하면, 어쩜 그렇게 열린 자세로 그런 지적들을 수용했느냐고 감탄하는데, 다 그럴 만하니까 그렇게 된 것이다.

최근에 택시를 탔을 때도 느꼈다. 오송역에서 대기하고 있는 택시를 탔을 때, 목적지를 말하자마자 짜증을 낸 기사님이 있었다. 본인이 두 시간 동안 줄을 서서 기다렸는데 고작 기본요금 거리냐면서 말이다. 남들은 4만 원, 5만 원 거리를 가는데 두 시간 기다린 대가가 기본요금 거리라면서, 말 그대로 내게 감정을 퍼부었다. 며칠 뒤 김천구미역에서 택시를 탔을 때도 비슷한 일이 있었다. 이번엔 기본요금보다는 조금 더 먼 거리긴 했지만, 그래도 역시 김천구미역 앞에 선 택시들이 두 시간씩 기다린 이유는 구미공단에 가는 사람들을 태우길 바라서였다. 그 기사님도 두 시간을 날린 셈이지만, 태도가 달랐다. 웃으면서 부드럽게 윷놀이를 예로 들었다.

"김천구미역 앞에 줄 선 기사들은 모 아니면 도입니다. 가까운 곳 가는 손님이면 도고 공단에 출장 가는 손님이면 모죠. 그래서 가끔 어떤 기사들은 가까우면 화를 내기도 합니다. 그냥 도가 걸린 건데, 하하."

농담처럼 말했지만, 사실 그 의도는 기차역 앞에 줄을 선 택시 기사들의 사정을 완곡하게 설명한 것이었다. 내게 눈치를 주기 위함이 아니란 의도의 말도 계속 덧붙였는데, 말하자면 팁을 준 것이었다. 기차역에서 앱으로 택시를 부르면 줄을 서지 않은 택시가 대기하던 차량들을 무시하고 와서 태워 갈 수 있다면서 말이다. 다른 택시들도 그 택시가 줄이라는 규칙을 무시하고 태워 가는 것을 보통 이해해준다는 것이다.

두 가지 사례에서 내가 느낀 감정은 당연히 정반대다. 오송역 사례에서는 내게 화를 전가할 일이 아니란 생각만 들었는데, 두 번째 사례에서는 택시 기사님들의 사정이 이해가 갔다. 나라도 두 시간 기다린 걸 날린다면 그럴 만하겠구나, 앞으로 가까운 거리일 때는 택시 앱을 이용해야겠다고. 이처럼 같은 의도도 어떻게 말하느냐에 따라 달라진다. 내 글쓰기의 성장 배경은 후자였다. 부드럽게 나를 어화둥둥 해주는 인터넷 독자분들 틈에서 내가 성장할 수 있었던 것은 정말 내 인생 최고의 인복이라고 말해도 과언이 아니다.

그곳에서 난 김민섭 작가님이라는 운도 만났다. 글쓰기와 관련해서라면 뭐든 구체화하지 않고 있던 나에게 출판사를 연결해주고 또 홍보까지 열심히 해준 사람을 만난 게 얼마나 큰 인복인가? 끝이 아니다. 그렇게 처음으로 만난 출판사가 '요다'였다는 것도 큰 행운이다. 나중에야 알았다. 출판계가 밖에서 보는 이미지와는 달리 양아치도 있다는 것을 말이다. 작가에게 불리한 조건으로 계약하거나 속이는 식으로 등골만 빼먹는 출판사가 많다고 한다. 내가 강연을 다니며 만난 어떤 분은 4800권이 팔리기 전까지는 인세를 지급하지 않는다는 조건 때문에 인세를 한 푼도 못 받았고, 어떤 분은 드라마화까지 돼서 대박 난 책으로 받은 돈이 0원이었다. 반면 요다 출판사는 매 쇄의 '선인세'를 준다. 책이 팔리든 말든 인쇄소에서 찍으면 팔렸다 치고 돈을 지급하는 거다. 게다가 신인이란 타이틀을 달기도 민망한 인터넷 작가에게 처음부터 기성 작가와 똑같은 인세를 보장했다. 신인에게 인세 비율을 낮잡는 경우가 허다한 바닥에서 말이다.

왜였을까?

요다의 대표가 한기호 소장님이라서다. 난 주물 공장에서 인복이 있었던 것처럼 출판계에서도 인복이 있었던 거다. 내가 본 한기호 소장님은 출판계에서 독특한 포지션을 가지고 있었다. '쓴말 전문가'라고 해야 할까. 내가 대단하게 생각하는 점은 소장님의 말과 행동이 일치한다는 거다. 사실 다른 출판사와 관련 기관을 비판하면서 그들처럼 양아치 같은 일을 저지를 수는 없지 않겠는가. 덕분에 난 근본 없는 신인임에도 불구하고 항상 좋은 대접을 받고 있다. 첫 출판사 대표가 소장님이었던 게 내게는 정말 큰 인복이 아닐 수가 없다.

무엇보다 내가 정말 사랑하는 건 요다의 편집팀이다. 어쩜 이렇게 성격 좋고 유능한 사람들이 모였을까 싶다. 배려와 친절이 기본 장착된 그분들 덕분에 너무나도 편하게 요다와 일하고 있다. 초창기에는 요다 사무실에서 글도 몇 번 썼는데, 그때 이대로 요다 직원으로 취직해도 좋지 않을까 하는 상상도 했다. 주물 공장에서처럼 요다 편집팀도 정말 사람 스트레스가 없는 집단이었다. 그분들과 함께 일하는 게 내게는 정말 커다란 인복인데, 특히 단체 대화방의 존재가 그러하다. 난 정말 평생 인맥이랄 게 없었다. 자연히 사회성이 제로에 가까웠던 내가 사회성을 가장 많이 배운 공간이 편집팀 단체 대화방이다. 그동안은 무슨 일이든 얘기할 사람이 한 명도 없었지만, 그 방에 속하게 되면서 말할 수가 있게 된 거다. 내가 작가가 된 이후 가장 많이 대화로

교류한 이들이 편집자분들이다. 그 과정에서 정말 사회성이 크게 성장했고, 지금은 누구와도 편하게 대화할 수 있는 사람이 됐다. 그 전까지 내가 사람들과의 대화를 얼마나 어려워했는지는 아마 아무도 모를 거다. 어쩌면 편집자분들도. 그들이 내 대화 상대가 되어주고, 가깝게 교류해주면서 난 비로소 사회생활의 기본을 갖출 수 있게 됐다.

난 평생 '오일 파스타'가 굉장히 느끼한 음식일 줄 알았다. 태어나 처음 먹어본 오일 파스타는 정말 매콤하고 맛있는 음식이었다. 그것도 편집자분들이 나를 데려가 먹여줬기 때문에 알았지, 아니었다면 평생 편견에 사로잡혀 있었을 거다. 망원동의 그 식당은 나중에 혼자 따로 가서 먹었을 정도로 너무 맛있었다. 그곳뿐이 아니다. 평소 난 '혼밥'이 가능한 식당에서만 식사해야 했는데, 편집자분들이 그걸 고려해서 여러 좋은 식당을 데려가주었다. 친구도 한 명 없었던 내게 그런 은혜가 있을까 싶다. 태어나 패밀리 레스토랑에 처음 가본 것도 편집자분들과 함께였다.

뭣보다 유능한 사람들이다. 편집자분들 덕분에 내 글쓰기도 굉장히 성숙해졌다. 정식으로 글쓰기를 배우지 않았기에 티가 날 수밖에 없던 문제들을 정말 많이 고쳤다. 만약 지금 이 글이 비문 없이 수월하게 읽힌다면, 그게 다 편집의 힘이다. 정말 난 인복이 좋단 말이지.

생각해보면 작가가 되기 전에도 후에도 난 참 사람 복이 많았다. 이렇게까지나 인복이 좋을 일인가? 사실은 비밀이 있다. 내 인생에서 내가 인복이라 생각했던 모든 사람이 다 좋은 사람이 아닐 수도 있다는 것. 실제로 내게는 좋은 상사였지만, 다른 직원에게는 원수인 경우도 있었다. 내게 좋은 사람이 남들에게도 무조건 좋은 사람일 순 없는 게 현실이다. 어쩌면 인복은 생각하기에 달린 개념일 수도 있겠다. 내가 그 사람을 내 복이라 생각하면 복이 되고, 아니면 그냥 인간관계에 불과한 거다. 단지 정신승리를 하자는 말이 아니다. 내가 그를 존경하는 사람으로 대하면 그는 내 앞에서 존경받지 못할 행동을 하지 않는다. 내가 그를 정의로운 사람이라고 말하면 그는 내 앞에선 정의롭지 않은 행동을 못 한다. 그건 인간의 본능이다. 그렇다면 사실 그 사람의 본질은 그렇게 중요하지 않다. 내 앞에서의 모습만이 내가 볼 수 있는 백 퍼센트다. 상대방을 인복으로 생각하면, 그는 내 앞에선 인복이 된다. 그게 설령 최소한의 어느 정도에 불과할지라도, 손해 볼 건 없다. 그렇다면 인복은 내가 믿는 것으로 유무와 정도를 조절할 수 있는 유일한 복이 아닐까? 내가 유독 인복이 많은 이유의 비밀에는 그런 영향이 없지 않다고 말할 순 없겠다. 난 정말 인복이 많다.

성주 하면 참외, 초단편 하면?

예전의 나는 1년에 딱 두 번만 기차를 탔다. 작가 생활을 시작하면서부터는 최소 백 번 이상 탄다. 그러다 보니 나는 나름 승객 전문가라고 볼 수 있다. KTX 5호차는 특실을 상정하고 만들었기 때문에 조금 더 좌석 여유가 있다든지, 낮에 하행선을 탈 때는 왼쪽 좌석이 덜 눈부시다든지, 표가 매진일지라도 웬만하면 출발 직전에 취소 표가 나온다든지 하는, 이런 것들을 아는 프로 승객 5년 차다.

그렇게 1년에도 백수십 번씩 기차를 타고 다니다 보면, 천장에 달린 티브이에서 지역 상품 광고를 넋 놓고 보게 될 때가 있다. 어느 날 내가 맞닥뜨린 광고는 '2023 성주 참외

축제'였다. 홍보 문구는 "성주, 생명을 품다. 참외를 품다". 망상이 시작됐다.

'참외를 먹지 않고 실제로 따뜻하게 품었더니 참외가 부화한다면? 그렇게 태어난 참외 인간은 유일하게 한 가지 단어밖에 말을 못 하는 거다. "참 외롭다". 그 참외 인간 아기가 성장하면서 주변에서 어떤 애정과 관심을 퍼부어도, 유일하게 할 줄 아는 말은 "참 외롭다"뿐. 주변은 점점 지친다. 참외 인간의 외로움이 그 어떤 것으로도 채워지지 않다가, 어느 날, 수박을 품어서 태어난 수박 인간이 참외 인간 앞에 등장하는 거다. 항상 외롭던 참외 인간 앞에 나타난 수박 인간은 "외로울 수밖에"라며 원초적으로 참외 인간이 외로운 이유를 알려준다. 사실 참외 인간의 정체는 성주 참외가 아니라, 원산지를 속인 중국산 수입 참외였던 것이다. 한국에서는 외로울 수밖에 없었던 참외 인간은 중국으로 향하는 배에 올라타게 되는데….'

밀려오는 허기로 인해 망상은 거기에서 끝이 나고, 나는 또 갑자기 흐뭇함을 느낀다. 성주 하면 역시 참외다. 나는 그런 게 좋다. '이것 하면 이것'이라고 사람들이 떠올리며 뿌듯함을 내보이는 것 말이다. 전국 팔도로 강연을 다니다 보면 다양한 지역분들을 만날 수밖에 없고, 자연스럽게 그 지역의 대표적이거나 상징적인 것을 접하게 된다. 험상궂은 인상의 택시 기사님이 "기사 맛집은 따로 있지. 밀양에 왔으면 돼지국밥인 거 알지?"라고 자랑스럽게 말할 때 귀엽고, 어린 학생들이 "성주는 참외죠"라고 말하면 그렇게 또 귀엽다. 타 지역 사람들도 당연히 알 거라고 생각하는 그 당당한 자부심이 참 멋져서 보기 좋고 슬쩍 귀엽다.

여행 초짜로서도 이런 가이드는 편하다. 제주도에 가면 돼지국수, 울산에 가면 울산바위와 태화강 국가정원, 여수에 가면 갓김치와 밤바다, 강원도에 가면 감자전과 메밀국수 등 마치 자판기 버튼인 듯 간단한 공식이 있다는 게 편리하다. 덕분에 가는 곳마다 큰 고민 없이 웬만하면 그 지역의 특산물을 먹고 뜯고 마시고 즐긴다. 그런데 함정이 있었다. 전주에서 강연 담당 선생님께 콩나물국밥을 먹었다고 말씀드렸더니 이러시는 것이 아닌가.

"아유 한옥마을에서 콩나물국밥 드셨다고요? 거긴 서울 자본이에요."

'서울 자본'이라는 표현이 몹시 인상적이었다. 말하자면, 전주한옥마을에서 콩나물국밥을 먹는 건 서울에서 먹는 것과 다를 게 없다는 말이었다. 그러면서 진짜 현지인 맛집, 즉 전주 사람이 하는 시장 맛집 하나를 소개해주셨다. 와! 진심으로 맛있었다. 한옥마을도 맛있었지만 이건 정말 '레벨'이 달랐다. 이때의 경험으로 난 서울 자본의 개념을 배웠다. 현지에서 무언가 잘된다고 꼭 그 이득이 현지인에게 돌아가는 건 아니구나. 되도록 현지인 추천을 따르는 것이 내게도 좋고 지역에도 좋은 일이구나. 다만, 자꾸 선생님들께 현지인 맛집을 여쭙는 것도 민폐라는 사실을 알았다. 나에게 맛집을 추천하기 위해 주변에 설문까지 하셨던 거다.

그렇게 하나씩 하나씩 배워가던 어느 날이었다. 어느 중학교에서의 강연이 끝나고 나서려는데 선생님께서 나를 붙잡더니 먼저 학교 앞 중국집을 추천해주시는 것 아닌가. 찾아가보니 아주 으리으리한 건물이었다. 나는 주저 없이 간짜장을 주문했다. 나는 짜장면은 무조건 간짜장만 먹기 때문이다.

내가 최초로 간짜장을 먹었던 때는 열 살 무렵이었다.

코흘리개들 사이에서 충격적인 소문이 하나 돌았다. 이번 주 일요일에 교회에 나가면 무려 짜장면을 사준다는 것. 친구들은 반신반의하면서 교회에 나갔지만, 내 마음속에서는 작은 번뇌가 일었다. 짜장면 얻어먹으려고 교회에 출석하다니! 내 속셈이 얼마나 뻔히 보일까? 끝나고 짜장면을 안 먹고 바로 집으로 가면 짜장면 때문에 온 게 아닌 것처럼 보이려나? 그럴 순 없었다. 너무너무 먹고 싶었다.

소문은 사실이었다. 우리는 그날 교회 어른이 사준 짜장면을 먹었다. 그것도 500원이 더 비싼 간짜장을 말이다. 정말 충격적일 정도로 맛있었다. 일반 짜장과는 비교도 할 수 없는, 마르게 볶은 그 꾸덕한 소스의 간짜장은 내게 짜장 요리의 지표 같은 것이 돼, "난 짜장면 먹을 때 무조건 간짜장만 먹어요"라고 말하게 되었다.

애석하게도 그날 이후로 그런 간짜장의 맛을 내는 중국집을 만날 수가 없었는데, 학교 강연을 갔다가 거의 30년 만에 먹게 된 것이다. "짜장면은 무조건 간짜장이지"란 신조가 오랜만에 보답받은 거다. 역시 이 신조를 지켜오길 잘했어!

인생에서 그렇게 분명하게 말할 수 있는 것이 몇 가지나

될까?

어릴 때는 그런 어른들이 이해 가지 않았다. 왜 '난 무조건 이거'라고 말하며 스스로 족쇄를 채울까? 가능성을 열어두는 게 이득 아닌가? 이제야 이해가 간다. 그냥 그게 기분이 좋다. 스스로 족쇄를 채워서 손해를 볼지라도, 그렇게 자신에 대해 명확하게 말할 수 있다는 게 좋다. 사람들이 내 개성과 정체성이 뭔지 알아주면 좋겠고, 알아봐주면 더욱 행복하고 말이다.

리처드 도킨스의 『이기적 유전자』란 책에 의하면 인간이 태어나 살아가는 이유가 그저 유전자를 이어가기 위함이라는 삭막한 결론을 내릴 수가 있다. 그렇게 정의 내리고 싶지 않다면, 결국 인간은 정체성이다. 단지 유전자를 옮기기 위한 그릇에 불과한 게 아닌, 하나의 고유한 객체임을 증명하기 위해서라도 나를 설명할 수 있는 다양한 정체성을 찾아야 한다. 삶은 나를 찾아가는 여정이란 말이 괜히 나온 게 아니다. 사소하더라도 내가 어떤 존재인지 하나하나 정체성을 채워갈 때 본능적으로 행복한 거다. 주물공장에서 10년간 일할 때 나는 아무런 정체성이 없었다. 그냥 기계의 부품이었다. 기계가 물건을 만드는 과정 중

한 단계에 끼워 맞춰진 부품이 내 모습이었다. 매일 똑같은 일, 내가 아닌 다른 부품이 와도 달라지지 않는 일, 생각할 필요가 없는 그 일의 현장에 인간은 없었다. 나를 인간 김동식으로 만들어준 건 글을 쓰는 사람이라는 정체성이다. 난 이 정체성으로 나를 소개하거나 설명할 때가 가장 행복하다. 나는 대체될 수 없는 존재이고, 태어나 살아갈 이유가 있는 하나의 고유한 객체인 거다. 그래서 나는 앞으로도 타인에게 그리고 나에게, 나를 설명하기 위해 살 것 같다. 난 웬만하면 간짜장만 주문하는 사람이고, 히읗을 특이한 모양으로 쓰고, 너구리 라면 속 다시마를 무조건 먹는 사람이다. 이런 내 정체성을 세상이 알아주면 좋겠다. 뭣보다 '성주 하면 참외'를 세상이 인정하여 성주분들이 자부심을 느끼듯, '초단편 하면 김동식'을 세상이 인정하는 날이 오면 참 좋겠다.

오락실과 자존감의 관계

자존감이 높다는 말을 처음 들었을 때는 굉장히 낯설었다. 작가가 되기 전까지는 한 번도 들어본 적이 없던 말이어서다. 자존감이 바닥이었다가 작가가 된 후로 수직 상승했다는 뜻은 아니다. 그 단어 자체가 너무 고급 어휘라서 그렇다. 사실 나는 '잘났어'란 표현 정도면 충분한 세상에서 오랫동안 살아왔다. 그래서 내가 자존감이 높은 사람인 줄 몰랐다. 그러다 강연을 다니면서 자존감이 높다는 말을 정말 많이 듣게 되었다. 처음 보는 사람이 말할 정도로 그게 티가 나는 걸까?

소심한 성격인 내가 자존감이 정말 높은지는 모르겠지

만, 세상에서 가장 좋아하는 사람이 김동식이긴 하다. 긍정적인 성격이 꽤 마음에 든다. 사실 내 성장 배경을 객관적으로 살펴보면 자존감이 높아선 안 될 사람이다. 아버지도 없이 산동네 쪽방에서 태어나 찢어지게 가난한 환경에서 자랐고, 중학교 중퇴 학력에다가, 운동을 잘한다거나 외적으로 타고난 것도 없다. 그럼에도 불구하고 내가 어릴 적부터 자존감이 높았던 이유는 뭘까? 짐작 가는 건 하나뿐이다. 나는 정말 '오락실 게임'을 잘했다. 요즘 학생들은 컴퓨터나 스마트폰으로 하는 게임만 할 테지만, 그때는 게임 하면 오락실이었다. 노래 가사에도 나온다. 시험을 망친 날 집에 가기 싫어서 오락실에 갔다가 사랑하는 아빠를 만났다는 그 노래.

오락실에는 정말 세상 재미있는 것들이 다 모여 있었다. '던전 앤 드래곤', '야구격투 리그맨(야구왕)', '1984', '피구왕 통키', '테트리스', '삼국지', '스노우 브라더스', '보글보글' 등등. 그중에서도 내 전문 분야는 바로 대전 격투 게임이다. 상대방과 대결해 승자를 가리는 장르이니 지금 생각하면 프로게이머의 근본이 되는 게임이 그것이다. 내가 주로 활동했던 1997~2002년 당시 대전 격투 게임계를 지배하던

3강은 '철권', '킹 오브 파이터즈', '스트리트 파이터'다. 보통 오락실을 제대로 다닌다고 하는 사람들은 저 셋 중 하나를 정해 전문적으로 파고들어야 했다. 마치 축구 선수가 공격수, 수비수, 골키퍼 같은 포지션을 선택하는 것과 같다. 내가 선택한 주 종목은 '킹 오브 파이터즈'였는데, 한 번에 캐릭터 셋을 골라서 싸우기 때문이다. 우리끼리는 그걸 '목숨'이라고 불렀다. 100원에 세 명의 목숨이 있으니 얼마나 '가성비' 좋은 게임인가? 심지어 100원 넣고 친구들 셋이서 할 수도 있다. 오락기 앞에 앉아서 게임 하다가 내 캐릭터가 지면, 바로 다음 친구가 앉고, 그 친구가 죽으면 또 바로 마지막 친구가 앉고. 그러면 보통 세 번째에 앉는 친구가 가장 실력이 좋은데, 그게 바로 나였다. 이기면 계속 게임을 할 수 있는 대전 격투 게임 특성상, 바둑 단체전처럼 가장 강력한 사람이 끝에 앉는 거다. 앞에 두 친구가 상대방의 세 캐릭터 중 하나도 못 이기고 일어났을 때, 내가 혼자서 상대방 셋을 다 쓰러뜨리는 걸 '역스트'라고 부른다. 스트레이트로 다 이기는 걸 거꾸로 해서 '역스트'인데, 이걸 한 번 해내면 뿌듯함이 장난이 아니다. 친구들이 "역시 동식이! 믿고 있었다고!"라면서 손뼉 치고 환호하는 거다.

그럼 난 '뭘 당연한 걸 가지고' 하는 표정으로 고개를 끄덕인다. 그게 멋이니까.

내가 그토록 일명 '킹오파' 게임을 잘하게 된 건 우습게도, 집이 가난했기 때문이다. 일주일 용돈이 만 원인 사람과 천 원인 사람의 간절함은 다르다. 다른 애들이 재미로 게임 할 때 나는 악착같이 이겨야 하는 거다. 대전 격투 게임은 이길 수만 있으면 이론상 100원으로 온종일도 할 수 있다. 심지어는 돈이 없어도 친구가 '용병'으로 시켜주기까지 하니까, 어떻게든 실력을 키울 수밖에 없지 않겠는가. 정말 얼마나 연구하고 분석했는지 모른다. 결과적으로 당시 영도에 있는 동네 오락실에는 내 적수가 없었다. 보통 이런 말을 조심스럽게 할 테지만, 난 자신 있게 말할 수 있다. 1999~2002년 시즌 영도구 '킹오파' 1등은 김동식이었다고.

오락실에 사람이 많은 시간에 가면 10연승 이상이 기본이었는데, 더는 아무도 내게 도전하지 않아서 게임이 종료되는 일이 부지기수였다. 난 나름의 매너가 있었기 때문에 나보다 약한 사람에게 먼저 도전하진 않았다. 실력이 안 되는 친구들도 자기들끼리 싸워야 재미있지, 나랑 싸워서 압도적으로 지면 돈만 아까울 테니까. (그리고 오락실 주인이 싫어한다. 돈 많이 쓰는 애들이 나 때문에 재미없다고 딴 데 가면….) 그러다 보니 어느 순간 문제가 생겼는데, 아무도 내게 도전하지 않아서 게임이 빨리 끝난다는 점이다. 100원으로 온종일 버티기 위해 게임 실력을 올렸던 내게는 심각한 문제였다. 난 자연스럽게 영도를 벗어나서 시내의 큰 오락실로 원정을 다니기 시작했다. 거기서도 내 실력은 통했는데, 다만 시장의 규모가 달랐다. 2부 리그에서 프리미어 리그로 넘어갔다고 해야 할까? 사람이 너무 많다 보니 도전자가 끊어지질 않았다. 영도구에서는 10연승 이상만 해도 대단한 기록이었다면, 그곳에서는 30연승 이상이 흔한 일이었다. 내 최고 기록이 80연승을 넘겼던 것 같은데, 그러면 장관이 펼쳐진다. 어느 순간 등 뒤로 수많은 인파가 몰려드는 것이다. 화면 구석에 표시된 연승 횟수가 10회만 넘어도 대단한 구경거리인데, 수십 연승이라니? 그 순간만큼은 내가 그 오락실의 손흥민인 거다. 심지어 난 구경꾼들의 호응을 더 끌어내려고 일부러 극적인 연출도 했다. 질 것처럼 위기 상황을 연출하다가 대역전극을 보여주면, 오락실이 뒤집힐 정도로 환호가 터진다. 팬 서

오락실
어서오세요

비스 차원에서 실용성 없는 묘기 콤보를 보여주기도 하고, 갑자기 팔목이 아픈 척 한 손으로만 조종하는 퍼포먼스도 보여줬다. 구경꾼들이 몰려들지 않을 수가 없는 거다.

상상해보라. 내가 이길 때마다 등 뒤로 박수가 터진다. 구경꾼들이 친구를 불러와서 이거 좀 보라고 말하고, 연승 숫자를 확인한 친구가 "와 대박!" 하는 것이 내 귓가에 들려온다. 멋있는 필살기 콤보를 성공시키면 "우와!" 하며 오락실이 떠나갈 듯 함성이 터진다. 그 모든 환호의 중심에 선 주인공이라면 어떤 생각이 들겠는가? 나로서는 착각할 수밖에 없다.

'난 대단한 사람이구나!'

가난하든, 공부를 못하든, 못나든 아무 상관 없다. 왜냐면 나는 대단한 사람이니까. 지금 와 생각해보면 재미있는 점이, 나는 가난해서 게임을 잘했다는 거다. 게임을 잘하니까 자존감이 높아졌고, 자존감이 높아지니까 가난한 게 아무렇지도 않아졌다. 결국 가난한 덕분에 자존감이 높아졌다고 비약할 수 있겠는데, 그게 다 게임 덕분이다. 하지만 당시 어른들은 오락실을 이렇게 평가했다.

"오락실은 불량 청소년들이 가는 곳이니까 절대 가지 마라."

당시 학교의 무서운 선생님들이 오락실로 순찰을 다녔고, 학생들은 귀를 붙잡히고 밖으로 끌려 나와 혼나야 했다. 부모님께 들키면 혼나는 곳, 오락실 다니는 친구랑은 어울리지 말아야 하는 그런 곳. 그게 어른들이 정한 오락실에 대한 평가였다. 이해는 한다. 오락실에 불량 청소년이 진짜 있긴 했다. 나도 오락실에서 무서운 형에게 돈을 뜯겨본 적이 있다. 친구가 맞기도 했다. 내가 괜히 게임 연출을 잘하게 됐겠는가. 그게 다 무서운 형들에게 일부러 져줘야 했기 때문이다. 억지로 져준 티가 나면 또 자존심이 강한 그 형들이 화를 내기 때문에, 아슬아슬하게 져줘야 했다. 안 그러면 게임기 위로 의자가 날아온다. (실화다.) 내가 조종하는 게임 캐릭터가 아무리 싸움을 잘해도, 현실의 내가 싸움을 못하면 소용없다는 인생의 진리를 깨닫는 경험이었다.

하지만 모든 것엔 다 명과 암이 있지 않겠는가. 어떻게 하느냐의 문제지, 제대로 오락실을 즐기는 사람들은 아주 건전했다. 평범한 다른 취미들처럼 게임 동호회도 존재했다. 나도 '킹오파' 배틀 팀에 가입해서 활동했다. 일요일마다 정기적으로 모여서 게임을 하고, 먼 시내로 원정을 나가서 다른 배틀 팀과 친선 경기도 하고, 게임 채널에서 개최하는 전국 대회에 출전도 하고 말이다. 어린 나이에 그런 사회적 교류를 어디서 경험해보겠는가? 덕분에 난 영도 밖 세상이 얼마나 넓은지 일찍 배울 수 있었다. 더 나아가 내가 인터넷 세상에 입문하게 된 계기도 게임이다. 인터넷에 게임 공략 글이 올라오는 사이트가 있다는 말에 처음으로 '아이디'란 걸 만들게 되면서 신세계가 시작된 거다. 온라인 세상이 어찌나 재미있던지, 그 문화를 계속 즐기다가 어느 날 눈떠보니 작가가 되어 있었다. 지금 내가 글을 쓰는 이유인 '댓글 중독'도 잘 생각해보면, 어릴 적 형성된 '오락실 환호 중독'과 같은 결이다.

자존감이라는 게 어떻게 형성되는지는 여전히 잘 모르겠다. 다만 내 경우에는 내가 잘하는 무언가를 내가 뿌듯해할 때 형성됐다. 혹 잘하지 못하더라도 남들보다 더 잘 '아는' 것에서도 난 뿌듯함을 느꼈다. 그게 게임이든 예체능이든 당장은 무익해 보이는 어떤 '덕질'이든 남들보다 더 좋아하고 잘하고 잘 알게 되는 일이 아마도 한 사람의 인생을 단단하게 만들어주는 자존감의 기틀이 되는 게 아닐까.

존경받는

살면서 누군가에게 존경한다는 말을 듣게 될 줄은 상상도 못 했다. 왜…? 나를 존경하느니 바나나를 존경하는 게 더 나을 텐데? 이해할 순 없지만, 나는 누군가의 존경의 대상이다. 그게 바로 심각한 문제다. 존경받을 만한 사람이 되어야 할 것 같은 압박이 너무 심하다.

"헉! 내가 존경하는 작가님이 그것도 모른다고? 그럴 리가 없어!"

"내가 존경하는 작가님이 요플레 뚜껑을 핥아 드신다고? 그럴 리가 없어!"

"설렁탕에 깍두기 국물을 안 부어 드신다고? 그럴 리가 없어!"

이럴 리야 없겠지만서도 눈치를 볼 수밖에 없다. 솔직히 고백하자면, 예전에는 차가 전혀 다니질 않는 횡단보도의 빨간불을 무시한 적이 있다. 지금은 차가 진짜 단 한 대도 지나다니질 않는 시골길에서조차 무단 횡단하지 않는다. 쓰레기를 함부로 버리지 않는 건 너무나도 당연하고, "안녕하세요"와 "감사합니다"가 입에 붙었다. 객관적으로 나는 정말 예전보다 훨씬 나은 사람이 됐다. 글쓰기를 시작하면 좀 더 나은 사람이 된다는 말을 들은 적이 있는데, 나는 글쓰기가 아니라 독자들을 만나러 다니면서부터 그렇게 됐다. 언제 어디서 그들을 만날지 모르기 때문이다. 정말 갑자기 만나기도 한다.

강연이 끝나서 학생들과 마무리 인사까지 했는데, 집에 가는 길의 대중교통에서 바로 만나면 조금 민망하다. 그래서 작가분들이 자차로 다니시는 건가? 아무튼 그날은 학생들과 같은 버스를 탔는데, 노약자석이 텅 비어 있었지만 앉지 못했다. 두 시간 이상 서서 강연을 했기에 정말 앉고 싶었지만, 차마 엉덩이가 내려가질 않았다.

강원도 홍천 길거리에서 호떡을 먹으며 걷고 있는데, 정면에서 걸어오던 분들이 "김동식 작가님!" 하고 나를 알아보았다. 그 순간 빠르게 든 생각이 '길을 걸으면서 호떡 먹는 거 불법이었나? 아니면 매너 없는 행동이었나?'였다. 다행히 그건 아니란 판단에 안심하긴 했지만, 혹 호떡 컵이라도 바닥에 버렸다면 두고두고 자책했을 거다.

서울 건대입구역 사거리 횡단보도에서 신호를 기다리고 있는데 누가 옆에서 갑자기 나를 불렀다. 내가 강연 갔던 화양초등학교 학생이 중학생이 되어 나를 알아본 거다. 이때도 무서웠다.

'어디서부터 따라온 걸까? 내가 뭐 껄렁하게 걷진 않았겠지?'

나를 알아보는 사람을 만날 때마다 무섭다. 작가라는 직업은 이미지가 좋은 게 장점이라고 생각했는데 그 이미지 때문에 무섭다. 가령, 저녁 귀갓길에 길거리 만두를 포장한 사진을 소셜 미디어에 올렸다가 문제가 된 적이 있다. 에코백이 아니라 검은 비닐봉지에 담아 왔다는 이유다. 당황스러움과 함께 내가 그렇게까지 의식 있는 사람이 아니란 자괴감이 밀려왔다. 난 역시 누군가의 존경을 받기에는 철저하게 훌륭한 사람은 되지 못한다는 생각을 오랫동안 했다. 그것이 어쩔 수 없는 내 한계다.

다만, 절대 부끄러운 일은 저지르지 않고 살려고 한다.

창작자의 도덕성이나 정치적 성향을 창작물과 별개로 볼지, 연장선에서 볼지는 오래된 논쟁이다. 창작물이 아무리 훌륭하고 뛰어나도 그의 도덕성이나 정치성이 형편없다면 그래도 그의 작품을 좋아하고 지지할 수 있는가, 하는 논쟁이다. 어떤 사람은 창작물과 실제 삶이 일치되지 않으면 창작물도 인정하지 않는다. 아무리 미학적으로 뛰어나도 실제 삶이 형편없으면 그것도 인정하지 않는다. 반면, 어떤 이는 창작물과 창작자의 삶은 별개라며 '쿨'하게 그 창작물을 즐긴다. 무엇이 옳다고 말하기는 어려운 듯하다. 그건 개인의 성향과 선택의 문제이니 말이다.

다만, 창작자로서 나는 최소한 독자들이 내 책을 좋아했던 사실을 후회할 만한 일은 하지 않아야겠다고 생각한다. 내 소설은 허구이기는 하지만, 어떤 사람의 여행에서 꽤 근사한 한 순간에 자리했을 수도 있고, 좋아하는 이와의 대화에서 중요하게 다루어진 화제였을 수도 있고, 되돌아가고 싶은 학창 시절 독서부 행사에서 주인공 도서였을 수도 있다. 존경한다는 말이 때로 큰 부담이 되기도 하고, 존경받고 싶다는 욕망이 크지도 않지만, 적어도 내 소설과 나라는 소설가를 좋아했던 기억이 후회되고 부끄러워지는 일은 만들고 싶지 않다.

난 해고되지 않을 것이다

작가는 프리랜서다. 이 말은 일이 들어오면 사장님이 되고, 일이 없으면 백수가 된다는 뜻이기는 해도, 해고와는 어느 정도 거리가 있는 직업이라는 말도 된다. 그렇게 생각했다. 챗GPT라는 게 출현하기 전까지는 말이다.

챗GPT가 처음 나왔을 때는 작가에게 좋은 만년필이 생겼다고만 생각했다. 챗GPT가 만든 소설이 아직은 어색하고, 구시대적인 데다 잘못된 정보도 많았기에 한 생각이었다. 그런데 이 친구 발전 속도가 정말 엄청났다. 요즘 버전은 거의 어색하지 않고 최근에 돌아다니는 '밈'조차 활용할 정도로 발전 속도가 빨라서, 이걸 보조 작가로 고용한 듯

쓰는 제작자분도 만났다. 이러다 정말 언젠가는 '월급 작가'란 말이 나오지 않을까 싶다. 인공지능 기업에 고용되어서 '9 to 6'로 프로그램만 돌리는 내 모습을 상상하면 진절머리가 난다. 내 인생의 직장 경험은 무결근으로 10여 년간 일했던 주물 공장, 그 한 번만으로 충분하다.

실제로, 한 게임 기업과의 미팅 자리에서 인공지능으로 가장 먼저 대체될 작가군은 게임 스토리 작가라는 말을 들었다. 은유가 크게 필요 없는 스토리 분야라서 그런 듯하다. 그 말을 듣는 순간, 나라고 예외는 아니라는 생각이 들었다. 일반 소설에서도 사건 중심으로 전개되는 이야기라면 인공지능이 대체할 만한 지점이 많고, 그중 초단편을 쓰는 내가 가장 위험하지 않겠는가. 내 기교와 반전 패턴 같은 건 인공지능에게 '누워서 1비트 먹기'일 거다. 그럼 난 실직하게 될까? 월급 작가 생활을 해야 하는가? 그렇진 않으리라고 본다.

인공지능이 아무리 소설을 잘 써도 작가라는 직업이 사라질 일은 없다. 그 옛날 사진기가 처음 등장했을 때 화가가 사라질 거라고 했지만 틀렸다. 화가들이 사진기로 대체할 수 없는 그림을 그리기 시작하면서 오히려 더 발전했다. 사실주의에서 벗어난 인상주의, 초현실주의 회화 등이 그 예다. 소설가의 미래도 그와 비슷하지 않을까? 인공지능 소설이 대체할 수 없는 영역으로 발전해나가리라. 기교와 패턴보다 은유가 더 중요해질 테고, 혹 은유마저 정복당하면 과정이 중요해질 거다. 도화지에 점 하나 찍은 그림이 몇 억의 가치가 있는 건 그 점을 찍기까지의 과정 때문이다. 소설도 아마 그런 방향으로 나아가지 않을까. 그때가 되면 스키틀즈 포장지에 한 줄로 쓴 소설이 상을 탈지도 모르겠다.

여기서 문제가 있다. 내게는 그런 예술적 소양이 없다는 점이다. 부산 촌놈이었던 내가 서울에 처음 올라왔을 때 가장 먼저 했던 일이 랜드마크 탐험이었다. 경복궁, 남산타워, 한강, 명동, 63빌딩, 그리고 국립중앙박물관. 사전 지식 없이 국립중앙박물관을 두 시간 정도 탐험했는데, 아무것도 느끼질 못했다. 그 이후로도 여러 미술 전시회에 갔지만, 사람들이 왜 이런 창작품에 열광하는지 어떤 실마리 하나 찾지 못했다. 다른 사람은 그림을 보고 울기까지 하는데, 난 왜 그냥 그림으로만 보일까? 명백하다. 예술을 보는 눈이 없기 때문이다. 깨우칠 자신도 없다. 그러니 난 모두가 21세기 신문학의 세계로 나아갈 때 홀로 남아 인공지능과 친구 하고 있을 거다. 요즘 바둑 실력은 누가 인공지능과 몇 퍼센트로 더 일치하느냐로 정해진다는데, 소설은 아마도 그 반대이지 싶다. 예술 감각이 부족한 내게는 불리한 일이다.

그러나 역시 난 실직하지 않을 거다. 절대 인공지능이 대체할 수 없는 영역이 소설가에게 남아 있기 때문이다. 대면이다. 인공지능은 독자를 대면할 수 없다. 인공지능이 쓴 소설이 아무리 재미있어도 사인회가 열리지 않는다. 혹 그럴듯한 사인회용 작가 로봇을 만들어도 사람들이 찾을 리가 없다. 인공지능에게 온라인으로 사인을 받으나 현장에서 받으나 무슨 차이가 있겠는가? 독자가 사랑할 수밖에 없는 건 살아 있는 인간이다. "이 책을 보고 돌아가신 부모님이 생각나서 울었어요. 작가님도 그러셨군요"라는 말을 인공지능에게 하겠는가. 눈과 눈을 마주하고, 생각을 나누고, 교감하는 일은 오직 사람과 사람 사이에서만 가능하다. 이 대면이 있는 한 작가는 절대 인공지능으로 대체되지 않는다.

강연처에서 독자들과 만나면서 자주 하게 되는 말이지

만, 지금 시대의 작가는 정말 소통 능력이 중요하다. 점점 더 중요해질 거다. '독자가 있기에 작가가 있다'라는 그 상투적인 말이 이젠 '독자의 곁에 있을 수 있기에 작가가 있다'로 변할 것이다. 그래서 난 한판 붙어도 겁날 게 없다. 챗GPT는 두려움의 대상이 될 수 없다.

자격지심이 큰 심사위원

몇 해 전, 한 전화 연락을 받고 귀신 목소리라도 들은 듯 놀란 적이 있다. 경기도콘텐츠진흥원이었다. 소설 공모전 심사위원이 되어달라는 게 연락을 해온 이유였다. 내가? 소설 심사를? 말도 안 되지만 사실이다. '경기히든작가'라는 타이틀의 이 공모전에서 최종 20인에 선정되면 선정작을 책으로 만들어주고, 그 책을 서점 매대에 올려주고, 글쓰기 및 출판 특강까지 제공해주는 훌륭한 사업이었다.

공모전 심사위원이 되어달라는 요청은 내게 충격이었다. 소설을 배운 적도 없는 내가 다른 사람의 소설을 평가하다니! 정말 말도 안 된다고 생각했지만, 비교적 가볍게 전개되는 내 글의 성향과 그 공모전의 성격이 잘 어울려서 연락을 주신 듯했다. 두려웠지만, 승낙했다. 기분이 너무 좋았기 때문이다. 출신이 출신인 만큼 나는 내가 작가라는 자의식을 올려줄 수 있는 모든 일에 환장했다. 그런데 소설 공모전 심사위원이라면 말해 뭣 하겠는가? 이보다 더 작가 같은 일이 있나 싶었다.

난 쥐뿔도 모르면서 공모전 심사에 참여했고, 현장에서 마주한 어마어마한 원고의 양에 눈앞이 깜깜해졌다. 우리나라에는 작가를 꿈꾸는 분들이 이렇게나 많았던 거다. 현장에서 하루 만에 20편을 선정해야 하는 난관에 부딪혔지만, 다른 심사위원분들께 조언을 구해가며 할 수 있는 한 최선을 다해 모든 원고를 심사했다. 그날 느꼈다.

'와 난 진짜 운이 좋았구나. 나보다 훨씬 잘 쓴 이런 글들도 공모전의 문을 애타게 두드리고 있는데….'

산처럼 쌓인 원고 더미 앞에서 심사를 보고 있는 김동식. 그 밖의 다른 심사위원들도 똑같이 원고를 눈앞에 두고 있는 가운데 김동식 말풍선.

'감히 내가 소설 심사를 보다니.'

글 잘 쓰는 사람이 정말 많았다. 만약 전업 작가인 나를

기준으로 삼아 심사한다면 거의 절반은 통과시켜야 할 판국이었다. (실제로 모든 심사가 끝나고 교차 선정을 할 때 내 평균 평점이 가장 높았다.) 그날 최종으로 추린 소설 열 편은 서점에 꽂힌 웬만한 단편 소설집 중 어디에 들어가도 크게 어색하지 않을 것 같았다. 지금도 난 확신한다. 전국적으로 찾아본다면, 프로 작가보다 잘 쓰는 작가 지망생이 셀 수 없을 만큼 많으리라고. 글만 잘 쓴다고 작가가 될 수 없는 시대다. 재능도 알아봐주는 사람들이 있어야만 발휘된다. 아무도 모르는 명작은 화장실 샴푸 통 성분 표보다도 읽히질 않는다. 굉장히 부조리하지만, 공모전 심사 현장에서 본 현실이 그러했다. 아마 난 이때의 경험으로 다시 한번 자각한 것 같다.

아, 내가 작가로 성공한 것은 공장 노동자 출신이었기 때문이구나.

내가 처음 책을 내고 가장 민망했던 평가가 "공장에서의 힘든 노동을 글로 승화한 작가"였다. 물론 내 글에 노동의 경험이 이렇게 저렇게 녹아 들어가 있기야 하겠지만, 아주 조금이다. 대부분은 장르적 상상력으로 채워졌기에 노동을 글로 승화했다는 표현을 들을 때마다 민망했지만, 냉정하게 말해서 '노동자 작가'라는 타이틀이 없었다면 난 이렇게 잘될 수 없었을 거다. 부산에서 학교 강연을 마치고 한 선생님께서 기차역까지 태워다 주신 적이 있다. 그때 대화 중에 노동하는 작가에 대한 주제가 나와서 말했다.

"사실 제가 주물 공장 노동자가 아니었다면 제 책이 이렇게 잘될 일이 없었죠. 책이 좋아서 잘됐다기보다는 10년 넘게 공장에서 일만 하던 사람이 책을 냈다는 서사 때문에 잘된 거죠. 그 지점을 잘 이용해서 덕을 본 거죠."

사실이 그러했다. 각종 잡지와 신문, 라디오, 티브이 방송까지, 내가 초창기에 그렇게 많이 홍보될 수 있었던 건 주물 공장 노동자 출신이었기 때문이다. 좀 더 보태자면, 중학교를 중퇴한 것마저도 도움이 된 듯하다. '중학교 중퇴하고 평생 공장에서 일만 했던 사람이 작가로 데뷔했다던데?' 이렇게 응원해주고 싶은 서사가 아니었다면 알려질 수나 있었을까. 십중팔구는 그저 인생에서 책 한번 내본 경험을 가진 사람으로 조용히 묻혔을 거다. 이 세상에 글 잘 쓰는 사람이 정말 많다는 걸 알기 때문에 확신할 수 있다. 난 공장 노동자였기 때문에 뜬 거다. 누군가 그렇게 비판하더라도 고개를 끄덕일 수밖에 없는 '팩트'다.

이렇게 말하니까 선생님께서는 정말 솔직하시다며 놀라셨다. 그걸 본인이 인정하는 모습이 대단하다고 하시는 느낌이었다. 노동자 타이틀 마케팅을 '쿨'하게 인정하는 모습이 자격지심 따위 없는 듯 비칠 수 있겠지만, 사실은 반대다. 오히려 방어기제에 가깝다. 누군가가 그런 비판을 하기 전에 먼저 인정해버리면서 아무렇지도 않은 척 철벽을 치는 거다. 난 공격받는 게 두렵다. 초창기에는 기존 문단의 평가가 어떻게 나올지도 두려웠다. 근데 이 부분에서도 난 '노동자 작가'라는 타이틀의 도움을 받았다. 요즘처럼 '정치적 올바름'이 중요한 세상에서 노동자 출신 작가를 비판하는 게 얼마나 부담스러운 일인가? 그래서 난 심한 비판을 받아본 적이 없다. 어쩌면 아예 논외의 축에 있었는지도 모른다.

아무리 미화해보려고 해도 결국 난 공장 노동자 출신이란 타이틀로 많은 이득을 본 거다. 실제로 강연 현장에서 내가 자주 언급하는 "공장에서 일했기 때문에 제가 작가가 될 수 있었습니다"라는 말은 10년간 일터의 벽을 보며 상상력을 키웠다는 맥락으로 사용하지만, 이면에는 나는 이런 서사가 있는 사람이라고 멋지게 소개하려는 측면이 아주 없다고 할 수 없다.

이렇게 또 사실을 그대로 직면해보지만 다른 한편으론, 내 글을 좋아해주시고 응원해주시는 수많은 분께 "전 노동자 출신이라 뜬 거예요"라고만 말하기는 죄송하다. 그분들은 그렇게 생각을 안 하는데, 내가 그분들의 생각을 틀렸다고 말하는 듯해서다. 지금의 난 작가로서 자부심을 가져도 될 만큼 내 책이 좋다고 생각한다. 초반의 주목은 운 때문에 받을 수 있어도 그걸 계속 유지하는 건 단지 운만으로는 되지 않으니까. 지금은 자격지심 같은 건 없다. 노동자 출신이란 마케팅은 그저 객관적인 사실을 말할 뿐인 거고, 내 글이 많은 독자에게 재미있고 의미 있게 다가간다는 걸 안다. 아니다, 사실 자격지심이 없는 게 아니라 잠재웠다. 간신히 얻은 이 자신감이 언제 또 어떻게 흔들릴지 모른다. 그런 일이 일어나지 않도록, 앞으로도 난 작가로서의 정체성을 선명히 채워나갈 거다. 소설 심사라는 뜻밖의 일을 했듯이, 내게 어울리지 않는 '에세이'라는 걸 내는 것도 아마 그런 목표의 일환인 듯하다. 그럼 난 또 이 책을 사랑하게 될 것이다. 아마도.

좋아하는 것도
일이 되면

이 세상에서 말도 안 되는 말 중의 하나가 '주인 의식을 가져라'일 거다. 아니 내가 주인이 아닌데 어떻게? 고용인은 직원이 자기 일처럼 일해주기를 바라겠지만, 실제 지분이라도 주지 않는 이상 그건 불가능하다. 직원들로서는 마치 '밥을 먹는다고 상상하면 실제로 배가 부를 거다'와 같은 급으로 들린다. 사실 어떤 사회 초년생도 몇 개월 만에 한 가지 진리를 깨닫게 된다. '나는 내 일을 하는 게 아니라 사장의 일을 하고 있다.' 회사의 일, 가게의 일, 학교의 일, 기관의 일을 하고 있지 내 일을 하고 있는 게 아니다. 심지어는 좋아서 시작한 일도 내가 주체가 아니라면 점점 싫어진다. 좋아하는 것도 일이 되면 싫어진다는 말이 그래서 나온 듯하다. 강연을 다닐 때 많이 받는 질문 중의 하나도 그거다.

"좋아하는 것도 일이 되면 싫어진다는데, 작가님은 어떠세요?"

나는 글쓰기를 좋아하다가 작가가 되었고 여전히 즐겁다. 의무, 부담, 책임을 최대한 덜 지려고 하는 작업 방식 때문이기도 하지만, 글쓰기는 백 퍼센트 내 일이기 때문이다. 만약 글쓰기가 남의 일이었다면? 내가 내놓은 결과물이 내 손을 떠나는 모습을 매번 지켜봐야 했을 거고, 내가 원치 않는 방향의 간섭도 맞춰줘야 했을 거고, 나의 발전으로 인한 보상이 내가 아닌 남에게로 더 가는 걸 보며 힘이 빠졌을 거다. 그러지 않을 수 있다는 것이 내가 글쓰기를 여전히 좋아하는 이유다.

내가 내 일을 한 건 태어나 처음이었다. 그동안 다른 일들은 정말 월급 받기 위해 하는 노동에 불과했다. 물론 그 노동들이 내 인생에 분명한 의미를 남겼지만, 당시에는 월급이 아니었다면 할 이유가 없는 일들이었다. 글쓰기는 할 이유가 명확하다. 재밌으니까. 즐겁고, 뿌듯하고, 인정 욕구가 채워지고, 살아 있는 기분이 든다. 좋아하는 일을 하며 사는 건 정말 행복한 일이다.

"저는 여전히 글쓰기가 좋습니다."

내가 이렇게 말하면, 가끔 안심하는 질문자가 있다. 지금 내게 소중한 꿈이 나중에 싫어질까 두려웠던 분들이다. 좋아하는 게 일이 되어서도 여전히 좋다는 내 모습이 그분들에게는 좋은 사례가 되는 듯하다. 애초에 그 답변을 듣고 싶어서 한 질문일 거다. 반면 같은 질문을 던진 어떤 분은 이렇게 되묻는다.

"근데 모두가 좋아하는 일을 하면서 살 순 없잖아요. 어쩔 수 없이 좋아하지 않는 일을 해야 할 건데, 그럴 땐 어떻게 해야 하죠?"

맞는 말이다. 이 세상에 좋아하는 일을 하면서 사는 사람은 정말 축복받은 소수고, 대부분은 먹고살기 위한 일을 하며 산다. 나도 지난 수십 년간 그랬다. 그러면 절대다수의 그들은 어떻게 해야 하는가? 뭐라 답변하기가 참 어렵다. '좋아하는 일을 하세요'라 답변하면 정말 무책임한 강연자로 꼽힐 거다. 내 과거를 떠올려보았다. 음, 일단 '원래 남들도 다 그렇게 살고 있다'라는 말이 조금 위안이 되긴 했다. 그 외에 나는 어떻게 했을까?

"그냥 영혼을 어디다 빼놓고 일하세요."

어이없는 답변일 수 있지만 난 정말 그랬다. 내 진짜 영혼은 내 다른 삶들에 있고, 직장에서의 시간은 그냥 몸 껍데기만 빌려주는 것이었다. 삶이 영화라면 출근과 퇴근의 순간에 편집점이 있었을 거다. 내 일이 아닌 남의 일을 할 때는 그렇게 영혼을 빼놓고 그냥저냥 시간을 보냈다. 이 방법이 싫다면 두 번째 방법이 있다.

"약간 자신에게 취해서 '난 프로다'란 마음가짐으로 사는 방식도 있습니다. 가끔 정말 하기 싫은 일도 '일단 난 프로니까 프로답게 처리는 한다'란 마음가짐이면 감이 오려나요?"

이건 우리 공장장님이 그랬다. 밥값은 한다는 자세였다. 기술력으로는 서울 안에서 지지 않는다는 자존심도 살짝? 실제로 공장장님이 만든 벨트 버클을 티브이에서 이효리가 차고 나온 적도 있다. 공장장님은 정말 어른이고 프로였는데, 아마 그런 태도를 장착하고 일했기에 20년 넘게 버틸 수 있었지 싶다. 난 10년에서 탈락한 걸 보면, 영혼을 빼놓는 방법보다는 '난 프로다'가 더 나은 듯하다. 영혼을 빼놓는 방식은 남는 게 적지만, 프로가 되는 방식은 성취감과 평판과 보상 등 많은 게 돌아온다.

뭐가 됐든 두 가지 방식 중 하나로 좋아하지 않는 일을 견디면서 언젠가의 행복을 꿈꾸는 게 보편적인 삶의 형태일 거다. 그 언젠가는 언제 올지 모른다. 나도 서른이 넘어서 갑자기 찾아왔다. 중요한 건 언제가 됐든 오긴 온다는 거다. 그게 운이든, 내가 잠시 미뤄뒀던 꿈이든, 상상도 못 했던 무엇이든. 그렇기에 '남들도 그렇게 산다'는 말이 위로가 되는 게 아니겠는가. 지치고 힘들어도, 남들도 다들 그렇게 살다가 행복한 날을 맞았다. 남들도 다 그렇게 행복해졌다.

내게 학교는

나를 뭐라고 소개하면 사실에 어긋남이 없으면서도 계면쩍지 않을까. 한동안 이 문제로 고민깨나 했다. 작가로 데뷔하고 1년 동안 어디 가서 내 입으로 나를 '작가'로 소개한 적이 단 한 번도 없다. '작가'라는 두 글자 자체를 꺼내질 않았다. 놀라울 만큼 진짜다. 책을 내고 초창기에 그렇게 많은 자리를 다니며 수백 번 자기소개를 했을 텐데 어떻게 그럴 수 있었을까? 누군가가 소개해줄 때까지 침묵을 지키거나 애매한 표현을 사용했다.

"안녕하세요. 글 쓰는 김동식입니다."

"안녕하십니까. 이야기 만드는 김동식입니다."

"인터넷에 올린 글을 모아 책을 내게 된 김동식입니다."

지금 보니까 저게 오히려 더 엄청난 표현인 것 같긴 한데, 당시에는 '작가'라고 나를 소개하기가 민망했다. '내가 무슨 작가야?'란 생각이 솔직한 심정이었다.

누구나 살면서 인생에 한 번쯤은 이벤트가 벌어진다고, 그래서 내 인생에도 서른 넘어 한 번의 '출판' 이벤트가 일어났겠지 싶었다. 실제 펼쳐진 상황은 예상과 달랐다. 한 번의 이벤트가 끝나질 않았다. 작가라는 타이틀은 한 번 스쳐 지나갈 일이 아니라 인생 그 자체가 돼버렸다. 그럼에도 여전히 작가라는 자의식은 부족하여 나를 쉽게 작가로 소개하지 못했다. 지금은? 작가 김동식이 입에 붙었다. 나뿐만이 아니라 우리 엄마도 이제 나를 이름으로 안 부르고 작가님이라고 부른다. '작'씨 성을 가진 '가님'이 내 이름이다. 어떻게 그리 바뀌었는가 하면, 학교 강연을 다니면서부터다. 어느 날, 학교에 도착하자마자 한 선생님께서 이야기부터 꺼내셨다.

"하루 종일 수업 시간에 엎드려서 잠만 자는 친구가 있어요. 선생님들도 어쩔 수 없어 하는 아인데, 제가 가서 걔한테 '야 너 엎드려서 잘 거면 이거나 봐' 하면서 작가님 책을 줬어요. 그리고 그날 모든 수업이 끝나고 저는 교무실에서 정리하고 있는데, 걔가 찾아온 거예요. 교무실에 올 리가 없는 녀석이 웬일로 왔나 하고 봤더니, 걔가 쭈뼛쭈뼛하면서 '선생님… 이거 다음 책 있어요?'라고 하는 거예요! 진짜 감동이었어요. 작가님이 그런 분이세요."

말씀하시면서 선생님의 눈시울이 붉어졌고 나도 울컥했다. 나는 작가로서 기여하는 게 없는 줄 알았는데, 학교 현장에 내 역할이 있었던 거다. 학교에 갈 때마다 선생님들께 "요즘 학생들이 책을 안 보는데 작가님 책은 봐요"란 얘기를 듣는다. 그게 그저 공치사가 아니란 건 학생들을 만나보면 알 수 있다. 원래 책을 안 좋아하는데 좋아하게 됐다며 직접 말해주는 친구도 많았고, 활동지에도 그런 내용이 많았다. 내 자격지심이 얼마나 크든 간에 적어도 학교에서만큼은 몹시 쓸모 있는 작가였던 거다. 그렇다면 난 나를 작가로 소개해도 되지 않을까? 어느 순간부터 서서히 나 자신을 '작가'로 소개할 수 있게 되었다.

이게 다 학교 덕분이란 점이 무척 아이러니하다. 중학교 1학년 때 자퇴하며 학교와 친하지 않았던 사람이 지금은 전국의 학교를 다닐 만큼 학교와 밀접해 있다니. 지금은 정말 1년에만 수백 번 학교 현장을 나갈 정도다. 내가 만약 자퇴하지 않고 정식으로 수업 일수를 채웠어도 지금보다는 학교를 덜 다녔을 거다. 주변에서는 너무 힘들지 않으냐고 하지만, 그럴 수밖에 없다. 학교 현장만큼 나를 선명하게 만드는 곳은 드무니까. 학교는 내게 마치 무선 충전 마우스 패드 같다. 교문을 지나 들어서는 순간 내 에너지가 실시간으로 차오르는 게 느껴진다. 내가 포기했던 공간은 이제 내가 사랑하는 곳이 되었다. 어제는 경남 부산에 갔다가, 내일은 경기도 포천에 가는 일정이 체력적으로 전혀 힘들지 않다면 거짓말이겠으나, 결국 나는 강연을 마치고 나면 충전돼서 교문을 나서게 되니, 힘이 닿는 한 그리고 나를 찾아주시는 한 열심히 출석하려고 한다. 이 세상에 나를 필요로 하는 공간만큼 내게 필요한 공간은 또 없다.

친구가 한 명뿐인

난 극단적인 내향인이라 친구를 사귀는 게 어렵다. 부산 영도에서 보낸 어린 시절에는 그래도 친구가 있었는데 지금은 다 연락이 끊어졌다. 2006년 서울 생활을 시작한 이래, 한 명의 친구도 사귀지 못했다. 10년간 일했던 공장 환경이 워낙 사람들과 접점이 없는 일이라서 그렇다고 핑계를 대기에는, 작가가 되어 수많은 사람을 만나게 된 지금도 똑같다. 난 왜 이렇게 친구를 못 사귈까? 사귀고 싶은 욕망이 별로 없기 때문이지 왜긴. 친구 없이도 혼자 잘 놀며 지낸 시간이 너무 길다 보니 그것에 익숙해졌다. 이놈의 세상은 혼자서도 즐거운 게 왜 이리 많은지 모르겠다.

작가가 되면서 지인은 정말 많이 늘었다. 지인과 친구의 기준이야 여러 가지가 있겠지만, 서로 반말할 정도로 편한 사이는 되어야 친구가 아닐까. 현재 내가 반말하는 사람은 딱 한 명밖에 없다. 전주에 사는 친구 임은영이다. 전주 행사 때 사회를 맡아주었던 인연을 시작으로 친구가 되었다. 처음에는 누군가에게 반말하는 일이 너무 오랜만이라 어색하고 신기해서 “은영아”를 몇 번이나 불렀던 것 같다.

그럼 20년 이상 친구 사귀는 일에 관심이 없던 내가 은영이랑은 왜 친구가 되었을까? 허무하게도 단지 은영이가 먼저 친구 하자고 제안했기 때문이다. 서로 나이도 같아 거절할 이유가 없었다. 또 임은영이 굉장히 선한 사람이어서다. 은영이는 내가 살면서 만난 사람 중 손에 꼽을 정도로 선하다. 태생적으로 그런 친구다. 난 선한 사람, 좀 더 구체적으로는 순한 사람을 좋아한다. 선하고 순한 사람은 보호종으로 지정해서 국가가 지켜줘야 한다고 생각한다. 어디 가서 그렇게들 뒤통수를 맞는지 참. 한 번 데일 때마다 점점 독해질 수밖에 없으니, 우리나라에서 순함은 멸종 위기 관리종이다. 모두가 합심해서 지켜줘야 한다. 나도 좀 지켜주고.

은영이 덕분에 난 어디 가서 친구가 없다는 말을 안 해도 된다. 물론 친구가 한 명뿐이란 말도 그리 좋지는 않지만 없는 것보다 낫지 않나.

남들 시선 때문에 친구를 더 늘리고 싶지도 않고, 새로운 친구를 사귀어야겠다는 의욕도 없다. 난 비틀린 인간인 걸까? 반사회적 인격의 소유자인 걸까? 자가 진단해보자면, 첫째, 나이가 많다. 학창 시절에야 맨얼굴이지만, 사회생활을 시작하면 누구나 가면이 생기는데, 나이테가 갈수록 늘어나듯 가면은 점점 두꺼워진다. 그리고 내향인의 가면은 좀 더 두껍다. 나이를 먹을수록 이 가면은 벗기가 힘들다. 술이라도 할 줄 안다면 흘러내릴 일이라도 있을 테지만 그것도 아니니.

둘째, 어린 시절에 '친구 에너지'를 이미 다 소진했는지도 모른다. 뜻밖에도 어린 시절엔 내가 빠지면 애들이 아예 모이질 않았다. 놀다가도 내가 집에 갈 시간이 되면 무조건 그날의 놀이가 끝나는 거였다. 정말 인기가 과할 정도로 많았다. 자의식 과잉이 아니라 진짜다. 너무 날 찾아대는 게 지겨워서 집에 몰래 숨어 있기도 했다. 그 당시에는 휴대폰도 없었으니 무조건 집 앞으로 와서 "동식아 놀자!"라고 부르는 게 '국룰'인데, 어떤 날은 이 소리가 부담스러웠다. 가끔은 나가기 싫은 날도 있지 않은가. 그럼 난 쥐 죽은 듯이 방 안에 조용히 숨어 없는 척했다. 조금 소름 돋는 건, 대문 앞에서 "동식아 놀자!"를 계속 부르던 애들이 뒷골목으로 돌아가서 방 창문 너머로 내가 있나 없나 확인하는 일이다. 그렇게 들키면 어쩔 수 없이 나가서 놀아야 했다. 그런 기억이 알게 모르게 어른이 된 지금까지 영향을 끼치는 것 아닐까.

셋째, 게으른데 책임감이 강하다. 형식상 하는 "언제 한번 밥 먹자"란 말을 하는 게 되게 힘들었다. 약속하면 무조건 먹어야 하니까. 지금은 사회생활을 많이 하면서 형식상 하는 말들이 익숙해졌지만, 여전히 조금 어려워서 애매하게 흘리기를 애용한다. '나는 말하지 않았다'든가 "에에에예? 에에"라든가. 게으른 사람이 책임감이 강하다면, 방법은 하나밖에 없다. 책임질 일 자체를 안 만드는 거다. 관계를 맺으면 책임이 무조건 따라온다. 때 되면 안부를 나눠야 하고, 축하해야 하고, 만나야 하고…. 그저 아는 사이라면 어느 정도 덜 챙겨도 되겠지만, 친구는 다 챙길 수밖에 없다.

난 '무소식이 희소식'이란 말을 정말 좋아한다. 연락이 뜸해도 좋은 관계가 유지되는 사이가 좋다. 그런 의미에서 은영이는 정말 좋은 친구다. 평소 아무런 연락이 없다가도 가끔 만나면 관계의 깊이나 내용이 항상 똑같이 좋다.

넷째, 다섯째를 계속 설명하다가는 내가 점점 인간 쓰레기가 될 듯하다. 그냥 너무 자기중심적인 사람이라 친구가 없는 것을. 나에게 최고의 친구는 나이고, 그 나를 피곤하게 만들고 싶지 않다. 이런 말을 하고 있으려니 갑자기 눈앞에 '고독사'란 글자가 아른거린다. 이렇게 살면 안 되겠지?

이 모든 이유를 한 가지로 축약하자면, 아마도 나는 평생 외로움이란 감정을 느껴본 적이 없기 때문이 아닌가 싶다. 10대에 일찍 독립한 이후로 항상 혼자였고, 문제없이 늘 즐거웠다. 외로움 타는 사람들을 보면 저게 도대체 무슨 감정일까 골똘히 생각해야 했다. 물론 몇 년 전 태어나 처음으로 연애해본 이후 외로움이 무엇인지 알게 되기는 했다. 주말마다 만나던 이가 사라진 뒤의 공허한 감정은 그 자체로 너무 큰 충격이었다. 오죽하면 '방탈출 카페'에 가입해서 주말에 생판 모르는 사람들과 만나 게임을 하고 왔다. 정말 외로웠다. 차라리 그러한 관계가 주는 충족감을 경험하지 않았더라면 평생 외로움을 느끼질 못했을 텐데, 알게 된 이상 이제 외로움과 같이 갈 수밖에 없다. 무뎌질 것인가, 달랠 것인가? 지금 걷는 길은 무뎌지는 길인 듯하지만, 언젠가는 꼭 내가 내 외로움을 달래줄 날이 오면 좋겠다. 그게 좀 더 행복한 길일 테니까.

소설 읽기라는 비효율적인 행위

나는 언제 어디서든 효율을 추구한다. 거의 중독 수준이다. 어느 정도냐면, 난 '크록스' 샌들에 절대 장식을 달지 않는다. 바람구멍 하나라도 막히면 통풍 효율이 미세하게라도 낮아질 것 같아서다. 팔찌, 반지, 귀걸이 등의 장신구를 평생 차질 않는 이유도 내 몸의 무게 부담을 최소한으로 줄이고 싶어서다. 노트북을 살 때도 가장 가볍고 사이즈가 작은 13인치만 고르고, 지하철을 탈 때도 동선이 빠른 칸으로만 탄다.

이렇게 효율성을 중시하게 된 건 아무래도 게임의 영향이다. '스노볼을 굴린다'라거나 '빌드업' 같은 표현을 게임에서 처음 배웠다. 사소한 것이 나중에 엄청 큰 효과로 돌아온다는 사실은 게임 고수들에겐 당연한 진리이기에, 나도 모르게 효율성을 중시하는 게 배어버렸다. 오죽하면 소설 쓰기에서도 '가성비'를 중시하겠는가. 읽는 시간은 짧지만 인상은 강하게 남기는 것이 내가 소설을 쓰는 기본자세라고 해도 틀린 말은 아니다.

그럼에도 나는 시간을 비효율적으로 쓴다는 지적을 많이 받았다. 게임을 하고 있어서, 만화책을 보고 있어서, 티브이를 보고 공놀이를 하고 있어서. 그런 모든 게 비효율적인 활동이었다면, 사실 내 소설을 읽는 행위도 같은 지적을 받기에 충분하다. 실제 어느 고등학생은 내 책의 초반부를 보면서 짜증을 냈다고 한다. 왜냐? 재미있어서 대출해야 하니까. 공부할 시간도 없는데 왜 재미있냐고 짜증을 냈다는데, 웃어야 할지 울어야 할지. 이해는 간다. 학업에 필요한 것도 아닌데 너 그런 걸로 시간 낭비하지 말라는 말을 얼마나 많이 들었을까. 강연 참가의 목적이 생활기록부에 올라갈 한 줄을 위해서인 친구들을 종종 보게 된다. 생활기록부가 없다면 작가와의 만남은 그저 시간 낭비에 불과하다. 어느 선생님은 고 3 2학기의 풍경이 세상에 알려지는 게 두렵다고 했다. 8월에 내신 반영이 끝나면 학생들은 수업이든 뭐든 정말 아무것도 하지 않는다. "왜 해야 해요?"란 학생들의 물음에 할 말이 없다는 선생님의 표정이 씁쓸했다. 뭐라고 말해줘야 할까? 학업에 조금도 영향을 끼치지 않는 다양한 경험이 왜 필요한지 어떻게 설명할 수 있을까? 난 역설적으로 '시간 낭비하지 않기 위함'이라고 대답하고 싶다.

누구 못지않게 효율을 중시하는 난 시간 낭비를 싫어한다. 효율적으로 필요한 일만 하는 게 시간을 아끼는 방법이긴 하겠지만, 시간 낭비의 개념은 이제 달라질 때가 되었다. 난 내 삶의 모든 순간을 기억하지 못한다. 인간은 누구나 다 그럴 거다. 우리 뇌는 무척 효율적이기에 사소한 일들은 흘려보내고, 비슷한 일들을 하나로 압축한다. 그 압축률이 너무나도 높아서 매일 똑같은 일상은 그 기간이 얼마나 되든 단 하루의 기억으로 치환된다. 난 10년간의 공장 일보다 1년간의 작가 생활을 훨씬 더 많이 기억한다. 나를 보러 수십 명이 모여든 카페 홈스에서의 첫 사인회를 하며 느꼈던 신기함, 라디오에 출연한 일, 말로만 듣던 KBS 방송국에 가보게 된 일, 내 책으로 독서 토론하는 걸 구경했던 광화문의 그날, 각종 신문사와 인터뷰를 했던 카페들, 전국적인 도서관과 학교 강연 투어, 참가자가 두 명밖에 없었던 중고 서점에서의 강연, 300명의 한국해양대학교 학생들 앞에서 바들바들 떨며 했던 첫 강연, 내가 작가가 된 걸 전혀 몰랐던 엄마를 깜짝 놀래줬던 날, 일할 때 들었던 라디오 프로그램 〈잠깐만!〉의 주인공이 내가 되다니, EBS 〈지식채널-E〉의 주인공이 나라니, 강연 중에 관객을 울렸던 날, 유명 연예인이 내 팬이라며 강연에 찾아온 일, 비행기 타고 제주도로, 배 타고 비금도로 등등… 당장 생각나는 대로만 나열해도 무수하다.

10년의 시간도 1년의 시간도 막상 지나버리고 나면, 내 손에 남아 있지 않은 과거에 불과하다. 결국 중요한 건 얼마나 긴 시간을 보냈느냐가 아니라 얼마나 기억하느냐다. 그렇다면 진정으로 시간을 낭비하지 않는 방법은 무엇인가. 시간이 지나 돌아보면 하루로 수렴하는 똑같은 나날을 효율적으로 보내는 일인가? 아니면 기억에 남을 만한 일들로 시간을 낭비하는 일인가? 난 후자의 손을 들어주고 싶다. 효율적이지 않고 불필요한 그 일들은 기억됨으로써 효율적이 되고 특별해진다. 인생은 짧고, 추억으로 치면 더 짧다. 추억이 1000개가 넘는 사람과 100개도 안 되는 사람 중 누가 더 시간을 낭비하지 않은 것인지는 뻔하지 않을까. 가끔은 효율적으로 불필요해 보이는 일들에 내 시간을 쏟아야 할 것 같다. 결과적으로 그것이 시간을 아끼는 길일 테니까.

골방 작가에서 소통하는 작가로

작가가 되기 전에 내가 상상했던 소설가의 어떤 이미지가 있다. '달동네 골방에 틀어박혀, 밥상의 젓가락 같은 다리를 펴고 그 앞에 앉아 글 쓰는 배고픈 사람.' 아마도 어릴 적 보았던 미디어의 영향으로 이런 편견을 가진 듯하다. 이쪽 세계를 전혀 몰랐으니까.

막상 작가가 되고 나서 경험하게 된 소설가의 삶은 내 상상과 정반대였다. 작가가 이렇게 사람을 많이 만나는 직업일 줄이야. 작가라면 모름지기 극내향인의 방식으로 살리라 생각했는데, 경험해보니 매우 외향적으로 살아야 했다. 사인회, 출판 기념회, 작가와의 만남, 강연, 팟캐스트·

『회색인간』 김동식 작가와의 만남
작가님, 오팬무?

라디오·유튜브 출연 등등… 필력만큼이나 소통 능력이 소설가에게 중요한 시대인 듯하다. 생각해보면 내 책을 1만 5000원이나 주고 사는 것보다 OTT를 한 달 구독하는 게 질적으로 양적으로 훨씬 만족스러운 일이다. 그럼에도 독자가 내 책을 사주는데 소통을 안 한다? 그건 불가능하다.

내 편견을 깨준 외향적 소설가의 삶이 익숙해질 때쯤, 팬데믹이 왔다. 모든 외부 일정이 취소되면서 나는 예전에 상상했던 소설가의 삶을 경험하게 됐다. 골방에 틀어박혀서 글 쓰는 것밖에 할 일이 없는 삶 말이다. 그때 확실히 느꼈다. 내가 나를 소설가라고 체감케 해주는 것은 내 글이 아니라 사람들이었구나.

소통 창구가 없어진 나는 마치 백수가 된 기분이었다.

처음 주변에서 우스갯소리로 들었던 말이, 코로나19가 작가들 작품 활동을 활발하게 해서 출판계에 명작이 쏟아질 거란 농담이었다. 나도 내가 이전보다 더 많은 글을 쓰게 될 줄 알았으나, 사람의 행동에는 총량이 존재한다는 사실만 깨닫게 되었다. 글쓰기의 총량이 일주일에 스무 시간인 인간은 아무리 휴일이 늘어도 여전히 스무 시간이 한계였다. 새로 생긴 시간은 새로운 행동으로 채워졌다. 생각해보면 코로나19가 한창일 때 OTT 플랫폼을 동시에 네 개 결제했다. 그때 주로 〈순풍산부인과〉, 〈심슨 가족〉, 〈프렌즈〉, 〈빅뱅 이론〉 등의 옛날 프로그램을 다시 연이어 봤는데 그렇게 과거를 계속 파먹었던 걸 보면 코로나19 시기는 내게 정체기였나 보다. 사실, 매일 집에서 똑같이 보낸 하루는 보름이 쌓여도 하루와 맞바꿀 수 있다. 지금도 그 시기를 떠올리면 생각나는 게 없다.

하루하루가 고유하게 흘러가던 때를 그리워하던 어느 날, 새로운 소통 방식이 생겨났다. 비대면이다. 화상회의 플랫폼을 이용한 비대면 소통은 다시 내가 작가라는 체감을 안겨주었다. 이분들을 현장에서 직접 뵈었다면 얼마나 좋았을까.

비대면의 장점이 적지는 않다. 통영이나 부산에서도 서울 용산도서관의 강연에 참여할 수 있다. 평소 수줍음이 많아 강연장에서 조용히만 계시던 분도 화상회의 채팅 창에서는 비교적 쉬이 목소리를 낸다. 그러나 역시 현장의 생생함이 주는 그 맛이 더 크다. 온라인 강연이 끝나면 마지막에 항상 나오는 말이 "실제로 뵈면 좋았을 텐데", "다음에는 꼭 실제로 뵈어요"였다. 심지어 몇몇 비대면 강연은 내게 '일' 같은 느낌을 주기도 했다. 사람이 아닌 노트북에게 말하고 있다는 감각 때문이었다. 영화 〈호빗〉에서 '간달프' 캐릭터로 열연한 배우 이언 매켈런은 컴퓨터 그래픽을 위한 그린스크린 촬영 도중 눈물을 흘렸다고 한다. 상대 배우도 없이 매번 홀로 연기해야 하는 상황에서 그가 한 말은 "이건 내가 배우가 되고 싶었던 이유가 아니야"였다고 한다. 공감이 갔다. 어떤 학교 강연에서는 학생의 초상권 보호 때문에 비디오 켜는 걸 금지했는데, 정말 두 시간 동안 혼자 벽을 보고 얘기하는 기분이었다. 그게 "이건 내가 소설가가 되고 싶었던 이유가 아니야"까지는 아니지만(애초에 내가 생각했던 작가가 소통하는 직업도 아니었으니), 아쉽기 그지없었다. 난 내가 좋아하는 이 소설가라는 직업이 '일'이 아니라 취미이길 바라는 사람이니까 말이다.

역시 난 비대면보다는 대면이 좋았다. 초창기 코로나19 백신을 맞기 힘들 때 가장 먼저 얀센 백신을 신청해서 맞았던 것도 빨리 현장에 가고 싶어서였다. 다행히 끝은 있는지, 사회적 거리두기가 해제되며 엔데믹이 왔다. 2022년 들어서는 거의 모든 외부 행사가 대면으로 실시됐다. 확실히 즐겁고, 이제는 정말 일이 아닌 소통을 하는 기분이 든다. 다시 외향적인 소설가로 살게 되면서 실감한다. 나는 역시 '관종'인가 보다. 소설가는 다 그렇다더니.

원래 소설가가 활동적인 직업은 아니라고 생각했지만, 꼭 그렇지만도 않다는 걸 팬데믹을 통과하며 깨닫게 됐다. 나에게 소설가란 사람들과 어우러져 살아가는 사람이다. 이게 내가 인터넷 출신 작가라 그런 것인지, 요즘 시대의 흐름인지는 모르겠지만, 앞으로도 나는 소통하기 위해 글을 쓸 것이다.

공포 소설 작가

주물 공장에서 일만 하던 내가 평생 첫 글을 쓰기 시작한 공간의 이름은 '공포게시판'이다. 이름 그대로 무서운 글만 올려야 하고, 무섭지 않은 글을 올리면 이런 댓글이 달린다.

"게시판 지켜주세요."

그러면 다른 게시판으로 쫓겨난다. 이곳에서 계속 활동하고 싶었던 나는 공포를 연구하기 시작했다. 전문적인 지식이 없던 내가 내린 결론은 단순하다.

'내가 무서우면 보는 사람도 무섭겠지!'

그럼, 내가 가장 무서워하는 게 뭘까? 귀신? 귀신은 없다고 생각한다. 슬래셔? 뼈와 피와 살점이 난무하는 건 공포보다 혐오스러움에 더 가깝다. 내가 가장 무서워하는 건 그냥 인간이었다. 퇴근하고 돌아온 내 방 침대 밑에 귀신이 있는 것보다 사람이 있는 게 훨씬 무섭지 않은가. 난 내가 가장 무서워하는 인간에 대해 집중적으로 파고들기 시작했고, 적중했다. 많은 분이 내 글을 좋아해주셨고, 나는 작가로의 인생 역전까지 경험하게 되었다. 나에게 공포는 내 삶을 바꿔준 고마운 것 중 하나다.

나름대로 공포를 궁리했던 사람으로서 결론을 먼저 말하자면, 시대가 변했다. 내가 어릴 적에 공포는 〈전설의 고향〉이나 〈토요미스테리 극장〉 같은 것들이었다. 영화로는 〈사탄의 인형〉이나 〈13일의 금요일〉 같은 슬래셔가 흥행했다. 악령과 살인마가 공포 장르의 중심이었는데, 지금은? 홍보 문구 앞에 "전통"이란 수식이 붙는 구시대 소재가 되었다. 시대의 흐름 탓이다. 말하자면, 공포의 낭만이 사라진 시대다. 귀신과 UFO 목격담은 스마트폰의 등장 이후 멸종했다. 국내 살인 검거율은 99퍼센트 이상으로 올라갔고, 살인마는 티브이나 유튜브에서 콘텐츠로 세세히 소비되고 있다. 사람들은 이제 안다. 귀신이 없단 걸 알고, 살인이 어떻게 이루어지는지 안다. 아는 것은 덜 무섭다. 공포물 창작자가 힘든 시대다.

나는 요즘 사람들이 모두 다 안다는 전제하에 공포를 궁리했다. 알면서도 무서우려면 어떻게 해야 할까? 영상이라면 시청각적인 연출로 가능하겠지만, 글로도 그게 될까? 깜짝 놀라고 소름 돋게 할 수 있을까? 그 점을 파고들다가 한 가지 답을 찾아냈다. 사람들이 안다고 생각한 것이 선을 넘어 이해 불가해지는 지점, 거기에 충격적인 공포가 있었다. 인간의 추악하고 어두운 부분을 머리로는 다 알지만, 설마 그렇게까지는 생각하지 못했던 것들 말이다.

백화점 붕괴 사고에서 상품을 주워 가며 웃는 인간의 모습은 소름 돋는다. 원래 물건을 훔치는 인간의 악함은 익히 알지만, 설마 이런 시국에서도?

아파트 청약 당첨을 위해 아이를 입양했다가 파양한 인간의 모습은 소름 돋는다. 원래 이익을 위해 온갖 편법을 사용하는 인간의 악함은 익히 알지만, 설마 그런 수단을?

평생 연락도 없다가 아이의 사망 보상금을 챙기러 나타난 어머니의 모습도 소름 돋는다. 원래 돈에 대한 인간의 욕망을 익히 알지만, 설마 그렇게 뻔뻔하게?

이렇듯 안다고 생각했던 것이 이해의 선을 넘어설 때, 사람은 공포를 느낀다. 이 기준으로 내가 시도해본 소설은 대략 이러하다.

[몇 달간 싸우던 부부가 이혼하려 할 때, 딸이 울면서 말린다. 부부는 딸에게 불가능한 한 가지를 제안한다. "맨날 꼴등만 하는 네가 만약 전교 1등을 하면 이혼하지 않겠다"고. 딸은 정말 필사적으로 노력하지만, 전교 2등에 그친다. 울면서 귀가한 딸에게 부부는 서프라이즈 케이크와 폭죽을 터트리며 환호한다. "그것 봐라, 너도 하면 할 수 있잖니!" 부부는 그동안 딸의 성적을 올리려고 거짓 이혼을 연기한 것이었다.]

이 소설은 악령이나 살인마처럼 강렬한 소재를 쓰지 않았지만, 마지막 한 장면에서는 그 정도의 파급력을 일으킨다. 우는 딸 앞에서 웃으며 기뻐하는 부부의 모습에서 말이다. 삐뚤어진 교육열이 얼마나 무서운지는 다 알지만, '설마 그렇게까지'가 바로 이 부분이다. 그 지점이 평범한 인간의 악함을 공포 수준으로 올려놓는다. 이게 가능한 평범한 악은 세상에 정말 많다. 갑질, 외모 지상주의, 약자 멸시, 차별, 혐오, 이기주의, 물질 만능, 가스라이팅 등등. 이런 평범한 악에 위와 같은 포인트를 적용하면 그것은 소름 돋는 공포가 된다. 예를 들자면, 사장이 일의 능률을 위해서 탕비실의 음식에 몰래 피임약을 탄 소설, 길에서 수거한 길고양이 사료로 쿠키를 만들어서 선물하는 소설 같은 것들이다.

여기서 중요한 건, 이 공포의 지점이 귀신이나 살인마와는 달리 진짜 현실에서 있을 법한 일이어야 한다는 점이다. 어딘가에서 그런 일이 있을 것도 같은데, 상상은 못 했던 장면. 그래야만 공포를 일으킬 수 있다. 이 '있을 법한'의 선을 조절하는 게 몹시 중요하다. 그 선을 넘으면 그냥 콘텐츠고, 선을 넘지 않으면 현실이다. 현실에 닿아 있어야만 요즘 사람들이 진짜 공포를 느낀다. 귀신은 없기 때문에 사람을 위협하지 않는다. 살인마는 왠지 다른 세계 이야기 같다. 그러나 평범하게 악한 인간들은 주변에 얼마든지 존재한다. 그 평범한 악이 이해 가능한 수준일 때는 대비할 수 있지만, 이해 불가능한 영역으로 넘어서는 순간? 그것은 소름 돋는 공포다. 요즘 시대의 공포는 바로 이렇게 작용한다.

개인적으로 더 무서운 점은, 그 현실과 콘텐츠의 선이 점점 높아지고 있다는 점이다. 예전 같았으면 '에이 그런 사람이 어딨어?' 할 만한 엄청난 이야기들이 요즘은 그럴 수도 있다며 수긍된다. 그보다 더한 일들이 실제로 일어나고 있으니까. 내가 어떻게 공포 소설을 써도 현실이 더 무섭다. 그래서 인간에 대한 공포는 유통기한이 없다. 계속 심해지는 현실을 따라가기도 벅차니까.

내가 뭐라고, 너무 자신 있게 공포를 정의한 것 같긴 하다. 나는 인간 심리 전문가가 아니라, 그냥 공포 소설을 쓰는 사람일 뿐이니까 이 말은 모두 헛소리일 수 있다. 여전히 귀신과 좀비와 연쇄 살인마는 공포물의 주요 소재다. 그럼에도 내가 인간의 무서운 점을 쓰는 건 본능에 가깝다. 공포는 안전을 위해서 설계된 감정이다. 인간은 위협 앞에서 공포심을 느끼도록 진화했기에 살아남았다. 나도 살아남기 위해 계속 인간을 무서워했다. 내가 쓴 소설 속 인간의 무서운 점들은 내가 살면서 결코 겪고 싶지 않은 모습들이다. 어쩌면 초창기 내 소설의 가장 큰 원천이 내 무의식적 생존 본능이었을지도 모른다. 지금은 살짝 다르다.

작가가 된 후로 많은 사람을 만나게 되면서 질문이 생겼다. '정말 인간이 가장 무서운가?' 단순히 '그렇다'고만 대답하기에는 인간의 좋은 점과 너무 많이 마주했다. 오죽하면 인간을 온전히 사랑하고 싶다는 취지로 시작된 『인생 박물관』(2023)이란 소설집을 내게 됐을까. 지금의 난 여전히 인간이 제일 무섭긴 하지만, 그만큼 인간이 제일 좋기도 하다. 인간은 정말 입체적이다. '소름'이란 느낌에 정답이 있는 듯하다. 인간은 공포 앞에서 소름이 돋지만, 커다란 감동 앞에서도 소름이 돋는다. 공포에서 소름을 느끼는 거야 생존 본능이겠으나 감동에서는 왜 소름이 돋는 걸까? 어쩌면 인간을 사랑하는 일도 생존에 유리하기 때문은 아닐까. 그렇다면 난 공포 소설 작가랍시고 인간의 나쁜 점만을 탐구하는 일을 지양해야 한다. 인간의 좋은 점을 잘 아는 것 또한 내가 살아남는 길일 테니까.

이래 봬도 외국물 먹은 사람

책을 내게 될 줄 예상 못 했다. 그게 많이 읽히고 내 직업이 작가가 될 줄도 예상 못 했다. 그리고 설마, 내 책이 해외에 번역 출판될 줄은 정말 상상도 못 했다. 『세상에서 가장 약한 요괴』(2017)가 러시아어로 번역 출판된다는 소식은 놀라움 그 자체였다. 첫 책 『회색 인간』(2017)을 냈을 때보다 번역 출판 소식이 조금 더 기뻤던 것 같다. 책은 행운이 따라주면 우연히 출간될 순 있겠지만 번역은 우연히 될 순 없지 않은가. 내 책이 그만큼 가치 있게 여겨지는 듯해서 좋았다. 게다가 더 신기한 제안이 따라왔는데, 나를 모스크바로 초청하고 싶다는 말이었다. 여권도 없던 나지만 이런 영광스러운 제안을 거절할 수 없었다. 당시는 러시아-우크라이나 전쟁 전이었던 터라 고민 없이 여권을 서둘러서 만들고, 모스크바로 향했다. 2021년 9월이었다.

생에 첫 해외여행을 맞이한 나는 혹시 몰라 전날 인천공항에서 밤을 새우기로 했다. 지금 생각하면 참 어리석은 게, 저녁 8시에 도착해서 아침까지 거의 열두 시간을 멍하니 앉아 있었던 거다. 나는 공항 의자에서도 잠들 수 있을 줄 알았는데, 소풍 전날 잠이 올 리 없었다. 뜬눈으로 밤을 새우고 아침 비행기에 올랐다. 아뿔싸. 와이파이가 안 되네? 인천에서 모스크바까지는 여덟 시간 30분. 그 긴 시간 동안 할 게 아무것도 없었다. 잠이라도 들면 모르겠는데, 몇 시간 동안 눈을 감고 있어도 잠이 오질 않았다. 최악의 컨디션으로 모스크바에 도착하게 됐다. 한데 신기하게도 그렇게 피곤하더니 모스크바 공항에 내려서자마자 몸에 활력이 돌았다. 온통 외국인에 외국어로 쓰인 간판들을 보자 실감이 났다. 내가 정말 해외에 있구나! 내 인생에 이런 일이 다 일어나는구나!

러시아 출판사에서 준비해주신 환영의 꽃다발을 들고 난 모스크바 시내로 이동했다. 택시 안에서 창밖을 참 많이 봤는데 의외로 별다른 점을 못 느꼈다. 그냥 서울에서 파주 가는 느낌인데? 그러다 모스크바 시내가 가까워지면서 조금씩 달라졌다. 모스크바는 아름다운 도시구나!

일단 도시 자체가 큼직큼직했다. 길도 넓고 건물도 컸는데, 어딜 보든 웬만하면 다 역사적으로 가치 있는 건물들이 있었다. 자연스럽게 고개를 들고 큼직한 건물들을 구경할 수밖에 없었고, 그때 탁 느껴졌다. '시원하다.' 모스크바는 미세먼지가 전혀 없다. 또한 높은 빌딩과 아파트도 없어서, 고개를 들어 올려다보면 시야의 7할이 새파란 하늘이다. 아이러니하게도, 공산주의 국가에서 가장 먼저 느낀 감정이 자유와 해방감이었다.

러시아에 대한 몇 가지 편견이 깨졌다. 출발하기 전에 누군가 '스킨헤드'를 조심하라고 했으나, 통역분께 물어보니 그건 수십 년 전 일이라고 했다. 모스크바 사람들은 그냥 서울 사람하고 다를 게 없었다. 내가 외국인이든 뭐든 관심도 없고, 다들 그저 바쁘게 지나다녔다. 특히 그 특유의 '나는 아무 생각이 없다. 왜냐면 아무 생각이 없기 때문이다' 표정이 한국 사람들과 똑같았다. 또 러시아는 공권력이 굉장히 무서운 나라인 줄 알았는데, 일주일 내내 구경도 못 했다. 슬리퍼 끌고 휘적휘적 두 시간 동안 걸어 다녀도 심심할 만치 아무런 일도 일어나지 않는 게 모스크바였다.

사람 사는 곳은 다 똑같다는 걸 느끼며 모스크바에서 일주일을 보내게 되었다. 맛있는 음식도 많이 먹고, 유명 관광지도 편하게 구경했다. 가장 좋았던 건 역시 작가로서의 일정이었다. 1957년부터 시작돼 60여 년의 역사를 간직한 비블리오 글로부스 서점에서의 북토크, 번역서를 최다 보유하고 있는 역사적인 도서관에서의 북토크, 초대형 마천루가 모여 있는 모스크바 시티에 있었던 아에스테 출판사 행사, 모스크바 국립대학교 학생분들을 대상으로 한 강연 등. 내가 정말 내가 맞나 싶을 만큼 엄청난 일정을 보냈다.

살면서 가장 주의하는 게 오만함, 겉멋 같은 것들이다. 항상 '난 별것 아니다'란 생각으로 사는 편이 제일 안전한 길이라고 믿는다. 하지만 가끔 불쑥불쑥 자기 자랑이 튀어나온다. 러시아 일정이 그러했다. 러시아를 갔다 온 뒤로 내가 거기서 얼마나 대단했는지 사람들에게 은근히 말하고 다니고 있었다. 대놓고 말하면 자랑 같아 보일까 봐, 대충 흘리듯 말하는 내 모습은 진짜 별꼴이었다. 이 글에서도 그러지 않는가. 대충 '일정을 보냈다'라고 여섯 글자로 끝낼

БИБЛИО-ГЛОБУС

수 있는데, 무슨 1957년에 연 역사적인 서점이라느니, 마천루니 뭐니 하는 단어를 붙이지 않았는가. 그곳의 대단함을 빌려 나의 대단함을 과시하는 문장이다. 이거 안 좋다. 자기 자랑이 심한 사람을 누가 좋아하겠는가. 그런데도 이걸 끊을 수가 없는 걸 보면 과시욕은 사람 본능인 듯하다. 나는 음식도 담백한 음식을 좋아하고, 삶도 담백한 삶을 추구하지만, 과시욕을 버릴 수가 없다. 그래서 최대한 그 욕망을 억누르면서 누군가가 대신 들춰주기를 기대한다. 누군가가 나를 대단하게 소개하면 난 몹시 민망해하지만, 속으로는 아주 좋아하는 식이다. 첫 책 『회색 인간』을 몇 쇄나 찍었는지 내 입으로 먼저 말하지는 않지만, 누군가가 묻는다면 숨도 안 쉬고 이제 곧 100쇄라 대답한다. '해외 번역 출판되면 기분이 어떨 것 같아요?' 묻는다면, 이미 번역됐다고 말하면서 입꼬리를 올린다. 그러면서 최대한 티 안 나게 과시를 이어간다. 예를 들면 이런 식이다.

"번역 출판 얘기를 하다 보니 떠올랐는데, 일본과 대만에서도 제 책이 번역됐습니다. 어느 날은 일본에서 인스타 DM이 오더라고요? 게스트하우스를 운영하는데, 이번에 제 책으로 독서 모임을 한다고요."

내 번역서로 독서 모임이라니, 기쁜 일 아닌가. 인스타 라이브로 중계할 생각인데 잠깐 인사해줄 수 있느냐고 하길래, 얼른 그러겠다고 했다. 그리고 난 잠깐 인사가 아니라, 독서 모임 내내 한 시간 30분 동안 구경했다. 일본어라서 아무것도 모르지만, 그쪽에서 웃으면 같이 웃고, 심각해지면 같이 심각한 모양새로 보았다. 얼마나 부담스러웠을까? 그런데도 포기할 수가 없었다. 번역서만으로도 허영심이 가득 채워졌는데, 그 번역서로 모임을 한다니, 참석하지 않고 어떻게 배기겠는가.

번역 출판도, 해외여행도, 외국 독자들도 불과 수년 전엔 나와 상관없는 말들이었다. 내가 이것들로 과시욕과 허영심을 느끼리라고는 전혀 예상하지 못했다. 모든 게 다 내 소설을 읽어준 독자들 덕분이다. 이 사실을 잊지 않아야 쉬지 않고 도전해오는 과시욕과의 싸움에서 지지 않을 텐데, 보다시피 나는 굉장히 자주 진다. 어쩔 수 없이 또 어디선가 '이래 봬도 외국 물 먹은 작가'라는 자랑을 하고도 남을 인간이다. 그 모습이 혹 한심해 보이더라도 그냥 촌놈의 촌스러운 자부심으로 생각하고 넘어가주시기를.

김동식 검색 결과

포털 사이트와 소셜 미디어에서 하루에도 수십 번씩 '김동식'을 검색한다. 내 책에 대한 서평과 후기 등이 글을 쓰는 동력이다. 없어선 안 될 삶의 낙이 '하트', '좋아요' 누르기라고 보면 된다. 지금은 매일 새로운 서평이나 강연 후기 등이 뜨는데, 만약 일주일 정도 아무것도 안 뜨는 날이 온다면? 아마 그날이 내가 작가 생활을 졸업하는 날이 아닐까.

자기 이름을 검색해보면 이것도 경쟁이란 걸 깨닫게 된다. 동명의 사람들이 누가 더 존재감을 드러내는가로 경쟁하는 것이 포털 사이트다. 초창기의 난 그야말로 사진 하나 안 뜨는 '듣보'였는데, 지금은 가장 먼저 사진이 뜨는 인물이 됐다. 햐, 그동안 내가 열심히 하긴 했나 보다. 사실 김동식이란 이름이 워낙 촌스러운 편이라서 경쟁자 수가 적었던 게 참 다행이다. 만약 이름이 김민준이나 김서준이었다면? 앞으로도 끊임없이 새로운 인물이 계속 나타나 밀어냈을 거다. 하지만 김동식은? 요즘 자녀 이름을 촌스럽게 안 지으니까, 똥식이라고 불릴 여지도 있는데 누가 설마, 하하.

다른 동명이인의 검색 결과를 보다 보면 많은 생각을 하게 된다. 〈슬램덩크〉의 김동식이 많이 뜰 때는 적어도 만화 캐릭터에게는 밀리지 않아야 하는데 싶고, 드라마 〈미생〉의 김동식이 뜰 때면 오래전 종영한 드라마는 이겨야 하지 않나 싶고. 그리고 어떤 분이 키우는 흰 강아지 '김동식'도 꾸준히 뜨는데, 그건 그냥 나도 뜰 때마다 계속 하트를 누르고 있다. 귀여운 친구다. 그 외에도 정말 별의별 게 다 뜬다. 등산 동호회 회비 내야 할 사람 김동식, 좋은 땅 확보한 부동산 중개인 김동식, 투자 유치에 열심인 듯한 사업가 김동식 등. 남의 인생을 내 손으로 검색해서 보게 되니 조금 묘한 기분이 든다. 다들 열심히 살고 있구나 싶고, 다들 잘

됐으면 좋겠다 싶고.

조오금 신경 쓰이는 건 출판 평론가 김동식 님이다. 나름 같은 업계이지 않은가. 왠지 나를 알 것 같아서 살짝 찔린다. 한번은 그분이 본 심사를 내가 본 줄 알고 나를 치켜세우는 독자분이 있어서 되게 민망했다. 나도 심사를 본 적이 있긴 있지만, 전문성이 천지 차이인데 어휴. 심사 쪽으로는 나대지 않아야겠다는 생각이 든다. 또 도서 저자로도 동명의 김동식 님이 계시는데, 내가 쓰지 않은 그분의 책을 내가 쓴 것처럼 얘기할 때도 좀 민망하다. 딴 건 몰라도 동명 문제는 적극적으로 해명하고 다녀야 할 듯하다. 이름을 알린 이가 동명에 대한 예의를 지키는 건 의무라는 생각도 한다. 그게 흔히 말하는 '이름값'의 본질이구나 싶어서다. 이름값을 떨어뜨리지 않기 위해서라도 사고는 치지 말아야지.

다행히 내 이름 검색 결과에 눈살 찌푸려지는 내용은 거의 없다. 대부분이 서평이고 그 내용도 호평 일색이니까. 혹평의 경우도 충분히 합리적인 내용인지라, 난 내 이름을 검색할 때 오직 즐거움만 느낀다. 서평 말고도 또 기분 좋은 게 의외로 질문 글이다. 특히 학생들이 학교에서 내준

『회색 인간』 관련 숙제를 인터넷에 물어볼 때 정말 기분이 좋다. 내 소설이 신성한 학교에서 숙제로 쓰이다니, 정말 성공했구나 싶다. 학부모 카페에서 『회색 인간』이 시험 범위인데 어떻게 공부해야 하느냔 질문이 나왔을 때도 그랬다. 내 소설로 시험 문제라니? 어떤 선생님이신지는 몰라도 정말 사랑합니다.

또 기분 좋은 게 '백문백답'에 내 이름이나 책이 언급될 때다. 우리 때나 지금이나 청소년기에 그런 걸 작성하고 노는 건 달라지지 않은 듯한데, 백문백답에서 빠지지 않는 단골 질문이 '인생 책'이나 '좋아하는 작가' 같은 거다. 거기에 『회색 인간』, '김동식 작가'를 최고로 뽑는 친구들이 많아서 행복하다. "이 작가 책은 꼭 봐야 해 ㅠㅠ" 같은 걸 보면 미소가 지어지지 않을 수가 있을까.

오묘한 검색 결과도 있다. 내 책을 중고로 판매하는 글들이다. 중고로 유통될 가치와 수요가 있구나 싶어서 기쁘기도 하고, 소장하고 싶을 정도의 책은 아닌가 싶기도 하고. 조금은 복잡한 기분이 든다.

정말로 곤란한 검색 결과는 다른 책의 서평에 이름이 불려 나가는 경우다. 그 책을 띄우기 위한 수단으로 내가 낮

춰지는 건 괜찮은데, 그 책을 비판하기 위한 수단으로 김동식을 가져온다? 그런 식으로 띄워지는 데에 흠칫하게 되는 거다. 난 습관적으로 '좋아요'를 먼저 누르고 본문을 읽는데, 만약 다른 책을 비판하는 용도로 나를 썼을 땐 황급히 '좋아요 취소'를 한다. 저 책의 작가도 자기 이름을 검색할 텐데, 본인 책을 비난하는 글에 김동식이 '좋아요'를 누른 걸 보게 된다? 어우, 소름 돋는 일이다.

사실 난 내 이름이 언급된 모든 것에 감사함을 담아 '좋아요'와 '하트'를 누른다. 그게 비판일지라도 말이다. 한데 그것에 의도치 않은 효과가 있는 듯하다. 한번은 나를 비판한 서평에 '좋아요'를 눌렀다가 그분께 사과 쪽지가 온 적이 있었다. 당연히 그분의 비판 서평도 내려갔고 말이다. 그때 깨달았다. 작가가 직접 '좋아요'를 누르고 다니는 행위가 어쩌면, 작가가 매일같이 감시한다는 것을 알려서 비판의 자유를 제한하는 행위일 수도 있었나? 난 그걸 이용하고 싶은 걸까? 비판에도 감사의 의미로 '좋아요'를 누르는 게 열린 자세라고 생각했지만, 강압이나 기 싸움으로 비칠 수도 있는지…. 어려운 문제다.

내가 호평뿐 아니라 혹평도 좋아하는 이유는 사실 나의

발전을 위해서라든가 하는 그런 거창한 까닭이 아니다. 무관심이 가장 혹독하다는 걸 알기 때문이다. 혹평일지언정 논의의 대상이 된다는 것 자체가 감사한 일이다. 적어도 평가할 가치는 있다는 뜻이 아닌가? 호평만큼 혹평도 감사할 수밖에 없다. 특히 난 사람들의 관심에 중독되어 작가가 되었기에 더욱. 이런 이유로 내 글에 대한 비판적인 평에도 감사한 마음으로 '좋아요'와 '하트'를 누르고 다니는 것이니, 혹시라도 어떤 오해가 없었으면 하는 마음을 이 지면을 통해 전해본다.

마카롱이 되고 싶어

강연을 다니다 보면 다양한 질문을 받는다. 답하는 일은 거의 매순간 즐겁다. 물론 답하기 어려운 질문도 있다. 그중 하나를 꼽자면, 작가로서의 목표가 아닐까 싶다. 이상한 일이긴 하다. 공장 노동자로서의 목표를 묻거나 피시방 아르바이트생으로서의 목표를 묻는 일은 없었는데 왜 작가에게는 그러한 질문을 할까? 글쓰기는 창작하는 활동, 창의적인 일이기 때문에 계속 새로운 도전을 해야 그 사람이 작가로서 발전한다고 사람들이 생각하기 때문이 아닐까 싶다.

그렇다면 의외로 쉽게 대답할 수 있었다. 나는 '심심풀이' 작가가 목표다. 심심할 때 간단히 꺼내 볼 수 있는 그런 작가. 난 그저 재미를 위해서 쓴다. 소설로 하고 싶은 말이 있다거나, 이걸로 무슨 상을 타겠다거나 하는 목표가 없다. 게임, 영화, 만화, 예능 프로그램처럼 그냥 대중적인 재미를 보여주고 싶다. 이런 생각이 가볍게 보일 수 있겠지만, 그건 정말 대단한 일이다.

어려서부터 특별히 꿈이 없었던 나는 시간과 열정을 쏟을 대상이 마땅히 없었고, 세상에 널려 있는 다양한 콘텐츠로 내 시간을 때웠다. 그러고 있으면 당시 주변에서는 "넌 왜 그런 걸로 시간 낭비하냐?"란 말을 했다. 재미 외에는 남는 게 없었으니까. 하지만 정작 나는 어린 시절에 내 시간을 때워줬던 그것들 덕분에 살았다. 꿈도 없이 평생 먹고살기 위한 단순노동을 하는 사람이 무슨 힘으로 오늘을 살아가고 내일을 기다리겠는가? 재미있는 콘텐츠다. 퇴근하면 좋아하는 예능 프로그램을 볼 수 있는 날, 즐겨 듣던 가수의 앨범 발매일, 추억의 게임 시리즈가 출시되는 다음 달, 시트콤 〈빅뱅 이론〉 새 시즌이 시작하는 내년. 그런 것들을 기대하는 힘으로 버텼다.

개인적인 생각이지만, 인간은 미래에 할 일이 있어야만 계속 숨을 쉰다고 본다. 그 할 일이란 매일 하는 직장에서의 업무 같은 게 아닌, 앨범이 발매되면 들어보기, 게임이 출시되면 해보기, 영화 나오면 극장에 가기 등이다. 이런 할 일이 많은 사람이 건강하다. 그래서 난 내가 어린 시절에 다양한 '할 것'을 확보해뒀던 게 시간 낭비라고 생각하지 않는다. 덕분에 정신적 근육이 단단한 사람이 되었으니까. 매일 똑같은 일상에 지칠 만하면 새로운 게임이 출시되고, 좋아하는 가수의 앨범이 나오고, 공장에 탁구대가 생기고, 영화가 개봉하고, 만화가 리메이크된다. 정신건강을 유지할 수 있는 수단이 정말 다양하게 나와줘서 스트레스 없이 살 수 있었다. 내 시간을 때워준 재미있는 콘텐츠에 이토록 감사한데, 내가 만약 누군가의 시간을 때워줄 수 있다면? 그보다 더 큰 영광은 없다. 심심풀이로 시간 때워줄 수 있는 작가가 내 바람이다.

현실적인 이유도 있다. 한국 소설계에는 엄청난 문장력으로 밀도 높은 소설을 쓰시는 분이 많다. 빵으로 치면 씹으면 씹을수록 고소해서 음미하게 되는 유기농 곡물 빵일 것이다. 그러한 소설들에는 재미도 재미이지만 소위 말하는 문학성이라는 게 있는 듯하다. 나는 그러한 글을 쓸 자신이 없다. 말하자면, 내 글은 강력한 단맛과 눈에 띄는 색상으로 사람들의 시선을 끄는 마카롱 같은지도 모른다. 마카롱의 슬픔은, 몇 개 먹다 보면 질릴 수 있다는 거다. 실제로 강원도 모 중학교 강연에서 한 학생이 물었다.

"근데 작가님 책은 왜 뒤로 갈수록 재미가 없어요?"

표정과 억양에 요만큼의 악의도 없는, 정말 순수하게 궁금해서 묻는 질문이었다. 그 사건이 인상 깊게 남아서인지, '김동식 소설집' 시리즈를 10권에서 끝내자는 출판사 제안에 대찬성했다. 읽어도 읽어도 질리지 않는 글을 쓰고 싶지만, 글만 딱 봐도 내가 썼다는 게 티가 나는 문법과 문체와 냄새를 가진 내게는 어려운 일이다. 그렇다면 이러한 내 색깔을 확고히 두고, 독자분들이 취향껏 보기를 바랄 뿐이다. 마카롱은 너무 달아서 많이 먹진 못하지만, 또 잊을 만하면 한 번씩 생각이 나고, 누군가에게 선물하고 싶기도 하지 않은가.

가끔 난 힘들 때 옛날에 봤던 시트콤을 다시 정주행한다. 〈프렌즈〉, 〈웬만해선 그들을 막을 수 없다〉, 〈빅뱅 이론〉, 〈심슨 가족〉 같은 것들. 분명 몇 번이나 봤는데도 오랜만에 보면 또 재미있고 마음이 평안해진다. 내 글도 누군가에게 그렇게 다가간다면 정말 좋겠다.

보상

학창 시절에 다른 친구들은 시험 치는 걸 싫어했지만, 난 좋아했다. 퀴즈 게임 같지 않은가? 물론 공부를 잘했다는 말이 아니다. 성적과는 상관없이 좋아했다. 공부를 못해도 혼난다거나 하는 일도 없으니 아무런 부담 없이 시험을 그저 순수하게 게임처럼 받아들일 수 있었다. 정답을 확신하며 찍는 재미도 있고, 모를 때는 시험 문제의 뉘앙스를 추리해서 정답일 것 같은 걸 찍는 재미도 있다. 가끔은 출제자의 심리를 생각해보기도 한다. '사지선다에서 1번 정답을 세 번 연속으로 하기는 부담스러울 것이다'라든지.

시험 점수 발표일이면 엎드려 우는 친구가 많았는데, 내게는 그날이 하이라이트다. 퀴즈 게임에서 제일 중요한 게 정답 발표가 아닌가. 그날은 내게 게임 보상을 수령하는 날이었다. 물론 공부를 안 했으니 점수가 잘 나오진 않았지만, 정답을 맞히는 쾌감이 좋았다. 신문의 십자말풀이나 티브이의 퀴즈 프로그램도 되게 좋아했다. 이런 걸 보면 난 게임을 좋아할 수밖에 없는 성향을 타고난 듯하다. 내가 게임에서 가장 좋아하는 시스템이 '보상'이다. 뭔가를 해내면 뭔가를 준다는 개념을 누가 싫어할까 싶지만, 난 특히 더 좋아했다. 온라인 게임을 오래 한 것도 그런 이유일 거다. 미션을 받아서 깰 때마다 주어지는 보상은 성취감과 맞물려 어마어마한 중독성을 일으킨다. 게임 중독은 당연히 나쁘지만, 중독성을 다른 시각으로 바라보면 꾸준함이라고 말할 수도 있지 않을까?

내가 작가가 될 수 있었던 많은 힘 중에 어디서든 자신있게 말할 수 있는 게 '꾸준함'이다. 1년 반 동안 300편을 쓴 꾸준함은 분명 내가 작가가 되는 데 엄청난 역할을 했다. 그 꾸준함의 동력이 무엇일까? 간단히 말해서 '보상'이다. 단편 하나를 쓰는 미션을 해내면 사람들의 '댓글'이라는 보상이 주어졌기 때문에 꾸준히 썼다. 요즘도 가끔 글쓰기를 할 때 스스로에게 미션을 주는 경우가 있다.

'오늘 이 단편 다 쓰기 전에는 밥 안 먹는다. 대신, 진짜

맛있는 특식 먹는다.'

저번에 보상으로 비싼 장어덮밥을 상정했더니, 진짜 잘 써졌다. 한 건 해냈다는 성취감과 함께 먹는 장어덮밥의 맛은 평소보다 더 꿀맛이었고 말이다.

나는 이 방법이 글쓰기를 꾸준히 할 수 있는 꽤 괜찮은 수단이라고 생각하는데, 꼭 식사에 국한할 필요는 없다. 이 글을 다 쓰면 보상으로 영화관 한 번 간다거나, 장바구니에 담아놓기만 한 걸 주문한다거나, 백화점 한 번 간다거나. 특히 평소 망설였던 것을 보상을 명분으로 저질러버리면 만족감은 곱배기다. 망설이던 나와 글 쓰는 나 둘 다 행복해졌으니까.

사실 어쩌면 내 인생은 게임적 보상 이론으로 굴러가고 있는지도 모른다. 좋아하는 일이 아니었던 노동자 생활을 열심히 한 것도 따지고 보면 월급이라는 보상이 있어서였고, 글을 쓰게 된 계기도 댓글이란 보상 때문이고, 지금 글을 계속 쓰는 이유도 서평과 댓글 보상이 있어서고, 강연을 다니는 것도 현장에서 '사랑받는' 보상이 있어서다. 보상이 있기에 난 뭐든 꾸준히 할 수 있었다. 만약 아무 보상이 없다면 포기하지 않았을까? 무언가를 꾸준히 하고 싶다면,

그것이 내게 줄 수 있는 보상을 잘 설정하면 어떨까.

난 에세이 쓰기에 자신이 없었다. 소설은 즐기며 쓸 수 있지만 에세이는 늘 어려웠다. 한데 어렵게 내놓은 만큼 보상이 컸다. 태어나 첫 에세이 한 편을 썼을 때 들었던 "에세이도 잘 쓰시네요"란 말은 내게 충격적일 만큼 큰 보상이었다. 늘 쓰던 소설로 칭찬받는 것보다 내 전문 분야가 아니라고 생각한 에세이로 칭찬받을 때 더 큰 도파민이 생성됐다. 그런 보상의 힘을 기억하기에 이 책에도 도전할 수 있었다. 에세이를 쓰며 나 자신과 소설가라는 직업, 주변에 대해 차분히 생각해볼 수 있었다는 점도 큰 보상이었다. 머리 한구석에 자리한 생각과 감정을 차근차근 풀어내다 보니, 그것들이 더욱 명확해지고 깊어지는 느낌이 들었다. 이런 생각과 마음의 결과물인 이 책을 재미있게 읽는 이가 있다면, 그리고 이 책으로 현장에서 독자분들과 또 다른 소통의 장을 펼칠 수 있다면 그보다 큰 보상은 없을 것이다. 그것이 모든 보상 가운데 나를 가장 크게 움직이는 힘이고, 삶의 동력이다. 느닷없이 소설가가 돼 분주하게 살아가는 사람의 부족한 첫 에세이집을 읽어주신 모든 독자분께 감사하다고 몇 번이고 말씀드리고 싶다.